JN188483

だから、何。

中野翠
Nakano Midori

毎日新聞出版

だから、何。　目次

2018年10・11月

2018年12月

2019年1月

各章末のコラムは書き下ろし。イラストも著者。
各コラム最後の（　）は『サンデー毎日』掲載号数です。
単行本収録に際し、改題・修正を行いました。
本文中の写真のクレジット表記のないものは毎日新聞社。

だから、何。

2018年10・11月

秋の宵ロボット犬も夢見るか

◉八雲の町◉素敵な昭和感◉ノブレス・オブリージュ!?

五月に妹夫婦と山陽地方を旅行して、なかなか楽しかったので、今度は山陰方面に四泊五日。

私は昔から「いきあたりばったり」式の旅ばかりしてきたのだが、妹夫婦は几帳面なので、宿の手配や切符の購入など（喜び勇んで？）サッサとやってくれる。私好みの「ゆくえ定めぬ旅に出るのさ」といった風来坊気分は大いに減少するわけだが、うーん、もうそんなことを言っていられる歳ではないのかも。しかも行楽シーズンで宿は取れにくそうだし……。というわけで、妹夫婦にはいちおう感謝。

今回は生まれて初めて、東京駅から夜行寝台車「サンライズ出雲」に乗って十二時間の車中泊。朝起きたら、もう出雲についているという効率のよさに惹《ひ》かれたのだったが……ひっきりなしにガタゴトという音と揺れが気になって、はい、残念、ほとんど眠れませんでした。室内は清潔で便利にできていたのにね。

というわけで朦朧《もうろう》状態にて出雲に到着。ここは出雲大社を観るだけ。数カ月前、ＴＶで出雲大社の、あの巨大な注連《しめ》縄を作っているところを観て、俄然《がぜん》、興味を持ったのだった。注連縄というのは俗界と神聖な世界との境界を示す物。神事では、やっぱり白というのが「清め」を意味するものなんだなと思う。神楽殿のものは長さ十三・六メートル、太さ最大八メートル、重さ五・二トンとか。神聖な気分にひたるというより、ついつい、そこにこめられた労力や思いのほうに感じ入ってしまう。

若いカップルがキモノ姿で参拝していたので、男子までキモノとは珍しいと思ったら、中国語らしき言葉でしゃべっていた。観光客用に、キモノのレンタルと写真撮影のオプションつきの旅行プランを提供する旅行会社があるのかもしれない。

私たちは、ぎこちなく参拝しただけで、竹内まりやの実家の老舗旅館「竹野屋」を横目にチェックしつつ、路地を入って行った先の、お目当ての出雲そば屋へ。麺の形が東京のそばとは少し変わっていて、色も黒っぽかったけれど、おいしかった。

翌日は松江に。城があり、お堀の川には柳がそよぎ、武家屋敷がいくつか並んでいる……私の旅情は一気に盛りあがった。

武家屋敷の一つが小泉八雲記念館になっていた。小泉八雲（ラフカディオ・ハーン）といえば松江と思っていたのだけれど、松江での暮らしは一年と数カ月だったようで、案外、短く、晩年の東京暮らしのほうが長い。それでも日本の女の人と結婚した地だから、松江は愛着深いものだっただろう。

小泉八雲。お墓は東京の雑司ヶ谷霊園に。

八雲は目が悪かったため、読み書きするのに便利な特注の机と椅子を使っていた。展示されていたそれは、机の脚を長くしたもの。それにかがみ込むようにして読書に耽《ふけ》ったり、原稿用紙に文章を書いたりという姿がまざまざと浮かぶ。

売店で文庫本の『怪談』が売られていたので、即、買った。高校時代のある夏。英語の授業中、『Ｋｗａｉｄａｎ』と題された英文の冊子が配られ、「夏休みに全部読むように」と言われたのだった。たどたどしく読み始め、「そうか〝ぐぁいだん〟は〝かいだん〟を昔風に表記したものか」と納得。いちおう全部読んだ中で「むじな」という話が一番面白く、怖かった。

今回、まっさきに「むじな」を読んだが、うん、やっぱり怖かった。江戸の闇というのが、リアルに胸に迫ってくる。オチが鮮やか。変種の落語と言ってもいい。

*

翌日は倉吉から山のほうに入った三朝《みささ》温泉へ。川沿いに古くからの旅館が並んでいる。

夕方、温泉街を一巡。期待通りの昭和感。ひとけの無い射的場（＋手打ちパチンコ、スマートボール）とか、おばあさん一人が相手をするミヤゲ物屋とか（ここでハデなセルロイド製の風車を喜々として購入）、ヌード劇場閉鎖のビラが貼られた小さなビルとか。もちろん、顔ハメ写真パネルも。

温泉（露天風呂もあり）は快適で、睡眠不足ぎみだった私もようやく熟睡。

最終日は鳥取市へ。お目当ては民藝雑貨店「たくみ工芸店」。実は銀座にも「たくみ」があって、ウチワや湯呑みやクッション・カバーなど値段の張らない雑貨をちょくちょく買うので、鳥取の「たくみ」は以前から気になっていたのだった。

以下、話は長くなるので簡単に。大正末期、柳宗悦《むねよし》（美学者、哲学者）は無名の工人や職人が作る日常雑貨に注目、その美について熱心に解説、紹介した。それは、やがて多くの共鳴者を得て、民藝運動と呼ばれる程のものになった。柳の学友だった志賀直哉もその一人で、志賀を敬愛（と言うより崇拝?)していた小津安二郎監督の映画の中には「たくみ」の雑貨(電灯の笠とか花瓶とか)が使われている。

鳥取には吉田璋也《しょうや》という人がいて、「たくみ工芸店」を開き、銀座の「たくみ」はその支店なのだった。

などと、私がグダグダ書いても、やっぱり正しくは伝わらないだろう。百聞は一見にしかず、東京の駒場にある「日本民藝館」(柳宗悦が創設したもの)を訪ねてみてほしい。

私はモダンアートぽいインテリア雑貨に憧れていたのだけれど、二十年くらい前からかな、「たくみ」や小津映画の中の雑貨に惹かれるようになった。一番、気持が落ちつくというか、なごむというか……。

とまあ、そんなわけで、〝本家〟と言うべき鳥取の「たくみ」に寄って、案のじょう、花瓶や皿や鉄製のフックなどを「お買い上げ」。ダンボール箱に入れてもらって、宅配便にて東京のわが家へ。それが、たった今、届いた。無傷で。嬉しい。

＊

ついつい話がそれてしまったけれど、鳥取城跡とそのふもとの仁風閣《じんぷうかく》もとても興味深いものだった。

鳥取城というのは戦国時代の山城《やまじろ》で、今は石垣しか残っていない。それだけに想像をかきたてられるというか、戦闘的な知恵が石の積み方や歩道の曲折にも、こめられているようで、妙にわくわく。サムライの、ワイルドな原形を想像する。「城マニア」の気持が、ほんの少し理解できた。

そのふもとの白亜の洋館「仁風閣」は元・鳥取藩主の池田家が建立した本格的な洋風建築。「金持は趣味がよくなくちゃあいけないよねえ」「こうして多くの工人や職人の生活を支え、育てるわけだから」「ノブレス・オブリージュっていうやつだよね」「今の大金持は地上より宇宙のほうが好きみたいだけどね」……などと言って笑い合う。

いけない、鳥取砂丘の話を書くゆとりが無くなってしまった。うーん……中国人観光客が、やたらと多かった。砂丘には無数の靴跡が錯綜《さくそう》している。靴底は単に横線ばかりではなくメーカーのマークなどが入っているものもあり、ちょっとモダンアートぽくも見える。それが面白いので写真に撮った。


（2018年11月18日号）

◉屋根瓦の町◉音楽映画の秋

前項で書き切れなかった山陰旅行の話をいくつか。

鳥取市の郊外に戦国時代のなごりの鳥取城跡があって、それは山腹に石垣だけが残ったものだった——という話は書いた。

その石垣は、いっぷう変わっていた。よく見かける石垣は微妙に反った形だけれど、その石垣は逆に、まんなかのあたりがふくらんだ形なのだった。近くで写真を撮っていた男の人に聞くと、「両方とも敵が登りにくくするため」と言う。ふうん、なるほどね。へこんだ形でもふくらんだ形でも敵の登りづらさは変わらないのだろう。

でも、見た目の美しさで言ったら、やっぱり、まんなかへんがへこんだ形のほうが美しいように思う。たんに見慣れているせいか？

もう一つ。山陰の町々を列車の窓から眺めていて、やがて、屋根瓦の美しさに目を見張った。昔ながらの黒い（と言うか濃い灰色の）瓦に白のアクセント。瓦の葺《ふ》きかたもクラシックで、清潔な美しさを感じた。

もうザッと四十年程前だが、初めてヨーロッパ列車旅をした時、窓外に流れる家々の屋根がみな赤茶色（まさにレンガ色）であることに気づき、この統一感が町に落ち着いた美しさをもたらしているのだなあと気づいた――。そんなことも思い出した。

さて、もう一つ書き落としていたこと。鳥取市の商店街（シャッターをおろしている店が多かったのが、せつない）のビル内に古書店があって、そこで岡崎京子さんのマンガ『ヘルタースケルター』を発見。喜んで買った。まさに渾身《こんしん》の作品ですよね。岡崎さんは『ヘルタースケルター』の連載が終了した直後、交通事故によって重態に。命をとりとめたのは、ほんとうにありがたいこと。それ以上望むのは酷だろう――と自分に言いきかす。

そうそう。松江市に宿泊した時、宍道湖《しんじこ》に夕陽を観に行った。湖の夕陽見物スポットには、すでに二十人くらいの人びとがいた。立派なカメラを三脚にセットして待ち構えている人も。

見渡す限りの湖面。大きな空。（アクセント的に？）小さな塔のような岩が右手に。やがて太陽は薄い雲を赤く染め、湖面に一筋の光の道を描き出す。大スペクタクルだ。あちこちでシャッター音と溜め息。ついに太陽が水面に沈んだ時、いっせいに歓声が……。私も笑いながら手を叩いていた。

科学的知識の薄い古人たちは、こういう光景をどう受けとめていたのだろう。宇宙が神秘であり謎であることは、実は今だって変わらず、ほんのちょっと説明可能部分が増えただけ。ちっぽけな私。つかのま古人の心になって、この夕陽を「ありがたい、ありがたい」と思うことにした。

＊

十一月は、あいついで超有名ミュージシャンの伝記的な映画が公開される。

まず、フレディ・マーキュリーの激しく短い生涯をドラマ化した『ボヘミアン・ラプソディ』。フレディ・マーキュリーは一九七〇年代から、まさに一世を風靡《ふうび》した「クイーン」のヴォーカルだが、一九九一年にＨＩＶ感染によって四十五歳で亡くなった。「面妖な」と言ってもいいセクシーさを前面に打ち出した独得のスタイルで熱狂的に支持された。来日公演もたびたび。

この特異な人物を演じたのはラミ・マレックという一九八一年生まれのアメリカ人俳優。ＴＶドラマばかりではなく映画にも多数出演している俳優らしいが、私は知らなかった。これが、うん、なかなかいいんですよ。最初に登場した場面から私は心の中でニッコリ。奇妙な顔だちを強調するかのような長めのオカッパ頭で、ギョロギョロ目。心身ともに風変わりな男というのが、もう、一目でわかる。

短髪、口ヒゲ、ぴったりパンツ――というスタイルになってからも、この俳優はフレディ・マーキュリーのイメージをこわすことはなかった。快演だと思う。

『ボヘミアン・ラプソディ』
2枚組ブルーレイ＆DVD ブルーレイ発売中
発売・販売元：20世紀フォックス ホーム エンターテインメント ジャパン
©2018 Twentieth Century Fox Home Entertainment LLC. All Rights Reserved

次々と繰り出されるヒット曲の数かず。悲劇的最期であるにもかかわらず、楽しく、胸を熱くして観た。もう一本は「ギターの神様」エリック・クラプトンの半生を追ったドキュメンタリー映画『**エリック・クラプトン―12小節の人生―**』。

こちらはもう、早熟の天才で、なおかつ数かずの悲劇を体験しながらも、今なお現役で活躍――という稀《け》有《う》なミュージシャン。このドキュメンタリーを観て、「エッ!? そんなに次から次へと悲劇が……」と胸が痛んだ。子どもをとんでもない形で失った――という事実は、もちろん知ってはいたものの。

失意の中で唯一、自分を救ってくれるのは、やっぱり音楽だ――というのがリアルに胸に迫ってきた。多くの大物ミュージシャンとの交流ぶりも見ごたえあり。何だかいいよねえ、同業者同士が互いに刺激し合い、学び合い、リスペクトし合う関係。どの世界においてもいいものだけれど、とりわけミュージシャン同士における、そういう関係はカッコよく、素敵なものに感じられる。言葉でなく音でわかり合っちゃうのだから。

さて、もう一本。これは音楽映画ではなく、投資の世界を舞台にした詐欺の話。『**ビリオネア・ボーイズ・クラブ**』。

自分の頭脳に自信を持っている若者二人が、金《ゴールド》で投資をする儲け話で金持息子たちを集め「ビリオネア・ボーイズ・クラブ」というグループを結成。投資家たちを手玉に取って大儲けするのだが……という話。

これに重要な脇役としてケビン・スペイシーが出ているんですよ。最近、セクハラ問題で激しく批判され、事実上、ハリウッド追放という形になった。その直前に撮られたもの。

セクハラ騒ぎの第一報を知った時、私は「エーッ!? あんないい俳優をプライベートな性的問題で責め立てるなんて。もったいないんじゃない?」と思った。けれど、その後、いわゆる小児愛の行為もあったと知って、「うーん、それは確かに許しがたい」とは思ったのだったが。

『ビリオネア・ボーイズ・クラブ』を観ると、やっぱり、うさんくさい役柄がピッタリで、楽しい。こういう俳優を失うとは……。

ケビン・スペイシーは一九五九年生まれの五十九歳。私が大いに注目したのは、やっぱり『ユージュアル・サスペクツ』('95年)の片脚を引きずるようにして歩く頭脳派悪党を演じた時のことだった。以来、出演を楽しみにしてきた。

主演が決まり、撮影も終えていた『ゲティ家の身代金』が、このスキャンダルを受けて、ゲティ家の家長の役が、急遽《きゅうきょ》、ケビン・スペイシーからクリストファー・プラマーにさしかえられて撮り直しという事態に。その映画はもちろん観たが、「ああ、ケビン・スペイシーだったら……」と残念に思わずにはいられなかった。

（2018年11月25日号）

◉いただけない◉あの日、あの時◉密林アクション

アメリカのトランプ大統領はメディアへの敵意をむき出し。メディアを批判するのは自由だが、言い草があまりにも幼稚で粗雑。もはや笑えず。気分が悪い。

十一月七日。中間選挙後の記者会見で、質問に立ったCNN記者のアコスタ氏に敵意をむき出し。女性スタッフに指示してアコスタ氏のマイクを取り上げようとした。さらに、その記者の入庁許可証を停止すると発表。

あんなデカイ体をして、何て度量が小さいんだろう。自分に対して少しでも批判的な人物は強権を使ってつぶしにかかる。みっともないったらありゃあしない。

熱烈なトランプ支持者は別として、ごく普通の良識を持ったトランプ支持者だったら、トランプのあの言動は、幼稚で粗暴で、「いただけない」と感じるのでは？　メディアからの批判も堂々と受けて立つ――そういう度量があってこその大統領なのにと思うのでは？……とイライラ気分でTV画面を見ていたら、「ロス郊外で銃乱射、12人死亡」という速報が。エーッ、また……と心に暗雲。

その後の報道によると、ロサンゼルス郊外のバーで、深夜、二十八歳の元・海兵隊員が銃を乱射し、警官一人を含む十二人が死亡。犯人は自殺――。

アメリカは、いったいいつまで同じような惨劇を繰り返すんだ!?――と、やりきれない気分。アメリカにはアメリカの建国の歴史というのがあって、銃に関する思いというのは、日本で生まれ育

った私には、なかなか理解し難いものらしい。何しろ「全米ライフル協会」はアメリカ最強といわれる圧力団体だしね……。それでも、代償、大きすぎないか？

その直後の九日深夜、テレビ朝日の『朝まで生テレビ！』のテーマは「トランプ大統領」だったが、銃規制に関しての話はまったく出なかった。ちょっと不満。

＊

十一月二十五日という日付は忘れ難い。今から四十八年前の一九七〇年のその日、いわゆる三島事件が起きてメディアは騒然となったのだった。

私はお茶の水の出版社で働き始めた頃。大学時代からの男友だちの電話で知らされ、大ショック。すでにTVの前に社員たちが群がって騒ぎ始めていた。私はそこに加わるのが、なぜかイヤで、ふらふらと屋上に向かい、市ケ谷方面をボンヤリと眺めていた。

その当日の朝、当時『サンデー毎日』の記者で三島由紀夫に信頼されていた徳岡孝夫さんは、「楯《たて》の会」のメンバーから三島の手紙と檄《げき》文などを渡されていて、バルコニー前に駆けつけ、演説を聴いていたという。徳岡さんは三島の思想的同調者としてではなく、人柄を見込まれたのだと思う。

私はその日の新聞を数紙買って、ちゃんとは読まないまま（混乱した心で読めなかったのだ）、一つの紙袋に入れて、ずうっと保管してきた。その紙袋をあけると、まさに「妖気」が立ちのぼる感じがして、ずいぶん長い間、めったに見ることはなかったのだが……さすがに半世紀近い歳月が経った今は、それほど心を乱されることなく読めるようになった（ボケて感受性が鈍麻したおかげ？）。

あれは昭和の大事件だった。平成が終わろうとしている今、平成はその名の通り比較的平らかな三十年だったな、と思わずにはいられない。

＊

十一月二十四日公開のアメリカ映画『**恐怖の報酬**』。

古い映画マニアだったら、「エッ？　あのイヴ・モンタンが出ていたスリル満点のH・G・クルーゾー監督映画？　そのリバイバル公開？」と思うはず。最初、私はそう思った。子どもの頃、TVの洋画劇場か何かで観て、ドキドキハラハラした記憶があるので。

ところが、今回リバイバル公開されるのは、それではなくて、一九七七年にウィリアム・フリードキン監督によってリメイクされたもの。当時、日本公開もされたのだが、フリードキン監督に無断で三十分もカットした「短縮版」にしてしまったこともあり、たいした評判にもならなかった。

それを残念に思っていたフリードキン監督（'35年生まれ）が今回、最新技術を駆使して百二十一分オリジナル完全版として再公開することになったというわけだ。

当然のごとく、主役級のロイ・シャイダーは若き日の姿。『JAWS／ジョーズ』（'75年）などで大注目されていた頃。

物語の舞台は南米の某国。密林の中で起きた油井の火災をくいとめるためにはニトログリセリンの爆風で消火する他ない――ということになって、ある地点から事故現場までニトログリセリンを積んだトラックで輸送することになる。ところが倉庫に保存されていたニトログリセリンは液状化していて、少しの衝撃でも爆発しかねないという状態。

会社側は報酬をはずむ。カネほしさに、四人の命知らずがトラック輸送に名乗りをあげる。四人とも母国にはいられず、おたずね者として南米に流れついていたのだ。

ぶっきらぼうな、この四人の、いっぷう変わったチームワーク。深い森林の中の細いデコボコ道や視界をさえぎる激しい雨……。今にも崩れそうな橋を渡るスリル。次から次へと危険が迫り、画面から目が離せない。ハラハラドキドキ。

この映画の冒頭で、メンバー四人がそれぞれどういう形で母国にいられなくなったのかがスピーディに描写される。私は呑み込み悪く、もうひとつ頭に入らなかったが、①ロイ・シャイダーはアメリカの強盗グループの運転係。②これにメキシコの、一見、初老の紳士然とした殺し屋（スペイン俳優、フランシスコ・ラバル。すごーく渋くてカッコイイ）、③アラブ系の反政府組織のメンバーで濃いめの顔だちの若者、そして④投資に大失敗した初老の元・お金持――という顔ぶれ。

いずれもヒトクセありそうな凄《すご》腕《うで》の男たちが一つの目的に向かって協力関係を築いてゆくところ、『七人の侍』の楽しさをフッと思

『恐怖の報酬【オリジナル完全版】』
Blu-ray&DVD
発売・販売元：キングレコード
Blu-ray ¥4,800（税抜）
DVD ¥3,800（税抜）
©MCMLXXVII by FILM PROPERTIES INTERNATIONAL N.V. All rights reserved.

い出す。

話は少しズレるけれど、このところ『ボヘミアン・ラプソディ』や『エリック・クランプトン―12小節の人生―』と一九七〇年前後に鮮烈にデビューしたミュージシャンの伝記映画があいついで、自然と七〇年代のファッションや、その時代の空気を懐かしく思い出していた。『恐怖の報酬』も七〇年代のもの。

七〇年代というのはベビーブーマーがポップ・カルチャーの中で影響力を持ち始めた頃で、年長世代を小馬鹿にして、あざといぐらい新奇な「表現」に飛びついたりしていたので、私としては、つい数年前まで「思い出すのも恥ずかしい」という気分だったのだが、もはや時代は何回りもして、ストレートに「懐かしい」。けっこう面白い時代だったとも思う。


（2018年12月2日号）

◉しどろもどろ◉懐かしいあの作家◉久世さんゆかりの

桜田義孝五輪相の国会での痴態（と表現してもいいと思う）にビックリ。大臣就任会見の時から言い間違えていたらしいが、立憲民主党・蓮舫議員の質問に対して、まさに「しどろもどろ」。この言葉がピッタリ。日本語には、みごとな表現があるものだ――と感心している場合ではなく、二〇二〇年の東京五輪、大丈夫なのか、これで!?――と心に暗雲。

みのもんたぽい輪郭の顔は盛んに汗ばみ、ツブラな瞳は泳いでいた。もうそれだけでもこちらは不安に駆られる。「もしかしてボケも!?」と。年齢をチェックしてみると、六十八歳とか。うーん、微妙なお年頃……。

昭和の「カミソリ後藤田」＝後藤田正晴さんなんか九十一歳で亡くなる直前まで頭脳明晰《めいせき》だったのでは？　うーん……どの世界においても脳の個体差は激しいものだと痛感。

＊

十一月十八日の夜のフジテレビ。**『門外不出!!　マル秘映像借りました』**という番組を途中からだったが、面白く観た。おもに戦後昭和の映像のようだった。

私が観た時は、地上三十六階で「日本最初の超高層ビル」となった霞が関ビルを建設中の映像。着工まもなく、まだ鉄柱の組み立て中だから一九六五年頃の映像だろう。

地上はるか、スカスカの鉄柱の間を地下足袋《じか》で命綱も無しに（！）身軽に動き回る男たちの姿に、高所恐怖症ぎみの私はクラクラ。そうだ、市川崑監督のすばらしい記録映画『東京オリンピック』もこれとソックリ、地下足袋姿の男たちのこんな光景で始まるのだった……と思い出す。地下足袋は親指を解放するので、細い鉄柱の上などでは密着度が高いスグレモノだったはずだ……と今頃になって気づく。

霞が関ビルは一九六八年に完成した。七〇年代になるが、女友だちのボーイフレンドの勤め先が霞が関ビル内に入ったので、友人ともどもハレがましい気分でビル内を見物した記憶あり。

渋谷首都高（一九六四年の東京五輪をめざしての竣工）や大阪万博（'70年）の建設風景や南極観測隊（犬ばかりではなく猫もいた！　名前は、たけし。オスの三毛猫）など一九六〇～七〇年代の映像を懐かしく観ているうちに、フッと七〇年代の特異な作家・広瀬正のことが思い出された。

広瀬正は一九二四年生まれ。七〇年代の初め、『マイナス・ゼロ』『ツィス』『エロス』『鏡の国のアリス』『T型フォード殺人事件』などの小説を発表していて、何かのはずみで読んだ私は、一気に熱いファンとなったのだったが、それから間もなく、一九七二年に急逝。四十七歳。『タイムマシンのつくり方』は没後に出版された。

ジャンルとしてはSFとか「奇想の小説」ということになるのだろうが、ベタつきのない、スッキリとした、まさに「小粋《こいき》」にロマンティックな小説世界。ジャズのサックス奏者でもあり、クラシックカーモデルの製作者でもあった――というのもカッコイイじゃないの。

と、こう書いていたら、俄然、あの小説世界にひたりたくなった。私は単行本で読んでいたのだけれど、今は『広瀬正小説全集』全六巻（河出書房新社→集英社文庫）というのがあるようだ。

浜田真理子。ピアノ、歌、そしてトーク。

＊

十一月十七日の夜。赤坂の草月ホールで行われた一夜かぎりのライブ『**浜田真理子　夕暮れ時に**』へ。文藝春秋が主催したもので、文春で最も親しくしている女性編集者Fさんに誘われて。

三月には、久世光彦さんの十三回忌ということで、久世さんとゆかりの深い小泉今日子さんがピアノ&ボーカルの浜田真理子さんと組んで、六本木の「ビルボード」で久世さんに捧げるミニ・コンサートを開いた――という話は当時書いた（『ズレてる、私⁉』収録）。

その時の浜田さんは、もっぱらピアノだったけれど、今回は弾きながらの歌をたっぷり。何というタイトルだったか、女がミシンで、カタカタと赤いドレスを縫っているという情景の歌。どうやら男をうらんでいる女の歌らしく、カタカタという音が呪文のように響いてきてコワイのだけれど、妙におかしくもあり。好きだわ、私。

浜田さんはキョンキョンと、ほぼ同世代。島根県松江の人で、生活の拠点は松江。東京に移る気は無いらしい。その気持はわかる。つい最近、妹夫婦と山陰地方を旅行した中で、「住むのだったら松江が一番いいかなあ」と思った私。

司会として元NHKアナウンサーの住吉美紀さん出演。ざっくばらんで、イキイキとした人。以前からの浜田ファンのようだった。

客席は大人（四十代以上？）ばかりの愉しい一夜だった。

――と書いている今、TVでは日産社長の記者会見。なんとカルロス・ゴーンが報酬五十億円過少記載の容疑で逮捕されたという。五十億円という金額には驚いたけれど人相的には「うん、やっぱり」。会見に臨んだ社長の口ぶりはサバサバ。クーデター成功っていう感じ？


（2018年12月9日号）

◉ニュー・ヒーロー◉一九六三年のアメリカ◉大衆の独裁者好き

大相撲九州場所は小結の貴景勝が十三勝二敗で優勝。途中から三横綱一大関を欠く、上位陣から空《す》きの、情けない顔ぶれだったが、若さハツラツの貴景勝と、どっしりと安定した大関・高安が盛りあげてくれた——というかっこう。

私もミーハーで、俄然、貴景勝に注目。よく見れば端正なかわいい顔だち。技も多彩に持っている様子。千秋楽の客席にはお父さんの姿が見られたが、これがまた、なかなかのダンディ。どうやら貴景勝は芦屋のお坊ちゃまだったようだ。相撲はもう、とっくにハングリースポーツではないのだった。

ニュー・ヒーロー貴景勝。キビキビ。

実を言うと、私は今場所は稀勢の里が休場した五日目から観る気を失い、再び観る気になったのは、優勝争いに焦点が絞られた十三日目からなのだった。稀勢の里の胸中はもちろん、あの篤実な風貌の御両親の胸中まで（勝手に）察してしまったりしてね。「うーん……何か打つ手はないものか!?」なんて気を揉《も》んでしまうわけです。疲れるー。

それでもこうしてニュー・ヒーローが登場すると、うん、やっぱり相撲は面白い。力士たちの栄枯盛衰をクールに楽しもうじゃないか——という気持にもなるのだった。

そうそう。御嶽海に敗れて初優勝を逃した高安は、すくい投げで土俵に転がされ、数秒間、無念の表情。私、高安も好きなの。いつもは、どっしりとしたポーカーフェイス。無愛想なんだかノンキなんだか。それでもやっぱり、優勝したいという気は強く持っていたんだ……。いいぞ、そうこなくちゃ。

＊

週末の夜。

TVで池上彰さんが解説する番組を興味深く観た。人種（端的に言えば黒人）差別をなくす、いわゆる「公民権運動」に関して、事件や決議のあった現地を訪ねたり、記録映像を使ったりして、わかりやすく解説していたので。

公民権運動が大きな盛りあがりを見せたのが、一九六三年の夏の「ワシントン大行進」。ワシントン記念塔広場で、マーティン・ルーサー・キング牧師が「I Have a Dream」と黒人差別撤廃を訴えるスピーチ（その五年後、キング師は犯罪歴がいくつかある白人男によって銃殺された。まだ三十九歳だった）。

今にして思えば一九六三年はアメリカにとって強烈な年だった。ワシントン大行進があり（八月）、ケネディ大統領が暗殺された（十一月）。当時、私はノンキな女子高生で、男子校の文化祭に行って公民権運動について知り、ちょっとしたショック。黒人差別の実態についてというより、「男子校はさすが〝社会派〟ぽい。大人ぽい」――みたいな感じで。

私は、ちょうどロングランしていたアメリカ製ミュージカル映画『ウエストサイドストーリー』

に興奮していた頃で、あとで考えれば、あの話のベースになっているのも、ニューヨークにおける人種問題なのだった。

先に移民していた白人のポーランド系・不良グループ「ジェット団」と、新参移民のプエルトリコ系・不良グループ「シャーク団」の対立抗争を背景に、トニー（リチャード・ベイマー）とマリア（ナタリー・ウッド）の悲恋が展開する。

そうか、あの映画でリタ・モレノが歌った「アメリカ」には移民の国アメリカに対する複雑な思いがこめられていたのか……と気づいたのは、だいぶあと。

当時はトニーとマリアの悲恋にしか興味が無かった。学校の階段の上下で、「マリーア、マリーア」「トニー、トニー」と叫び合う遊びに興じていました。

バカだった……。

＊

『毎日新聞』朝刊の三ページ目に毎日掲載されている**「仲畑流万能川柳」**をずいぶん前から愛読している。

字余り字足らずでもOKの、くだけた川柳の投稿欄。当然のごとく常連投稿者がいる。久喜（埼玉県）の宮本佳則さんは常連中の常連で、お医者さん。作品は句集にもなった。

最近私が「そうだよねえ」と深くうなずいたのは「大衆にわりと好かれる独裁者」（福岡　朝川渡）というもの。

前々から私もそう思っていたのだ。独裁者と言えばドイツのヒットラーが象徴的なイメージになるけれど、ヒットラーだって議会制を無視して力ずくでトップに躍り出たわけではない。確実に多くの大衆が支持したのだ。

ユダヤ人への差別意識をムキダシにし、強烈な印象を与える演説スタイルとファッションで、多くのドイツ人の心をとらえた。その陰には、宣伝相ゲッベルスの巧妙な演出や心理的策略の力があった。独裁者ヒットラーはゲッベルスの作品——と言えるかもしれない。

そんな気がして、私はゲッベルスのほうに、ついつい関心を持ってしまうのだ。好きというわけじゃない。なぜあんなに大衆心理をつかむ術がわかっていたのだろう——という興味から。どうやら、そのおおもとは自身の身体的劣等感にあったようだが。とにかく大衆は「強さ」を求める。

日本には皇室という重みがあるせいもあってか、民間の中からの強烈な独裁者は登場しない。それでも巷《ちまた》では大小さまざまな独裁者タイプの人はいるようで、息苦しい思いをしている人も多いだろう。にもかかわらず、独裁者の登場を願っている人も案外多いのではないか？という気もするのだ。

自分で考えたくない。誰かに決めてもらいたい。指図さえしてくれたら、それはちゃんとこなすから……。とにかく責任を負わされるのはイヤだから……。

という「子分肌」。日本という国自体が世界的に見れば、そうだしね。

近頃、破綻しつつあるものの、日本は「変種の社会主義国か!?」と思う程、経済的にも文化的にも平均化された大衆社会。ちょっとばかりエラソーなことを言ったり書いたりすると、「上から目線！」なあんていうブーイングが聞こえてくる。モグラ叩きのごとく。そういう国。親分になるのも子分になるのもイヤ——という人間だっているはずなのに！

アメリカのトランプ人気は、案外、「子分肌」の人たちに支えられているところがあると思う。人間って理屈抜きに「強いもの」に惹きつけられるのだ。その「強さ」の内実がどうであっても。コマカイことは無視。ほとんど生理的に惹きつけられる。生存本能？「寄らば大樹の陰」的な？

わが敬愛の福田恆存《つねあり》（一九一二—九四）は「大衆は信じうるか」というタイトルで、こんなふうに書いている。以下、旧字で読みづらいでしょうが……。

「大衆は譯《わけ》の解らぬものである。それは自然のやうに不可解なものであり、そして私の意思に對《たい》しては無關心《むかんしん》のものである。しかも、それは意思をもたないのに、自然のやうに強い力をもつてゐる。そしてその力は必ずしも善意に、あるいは建設的に働くとは限らない。私に、あるいは私達にとつて望ましからぬ力を發揮するかもしれない。私は大衆を自分にとつて好都合な價値として信じないが、たとへ自分にとつて不利な存在でも力としてなら信じる」

もはや「大衆」という言葉も死語、とは言わないまでも古びたイメージになったけれどね。

（2018年12月16日号）

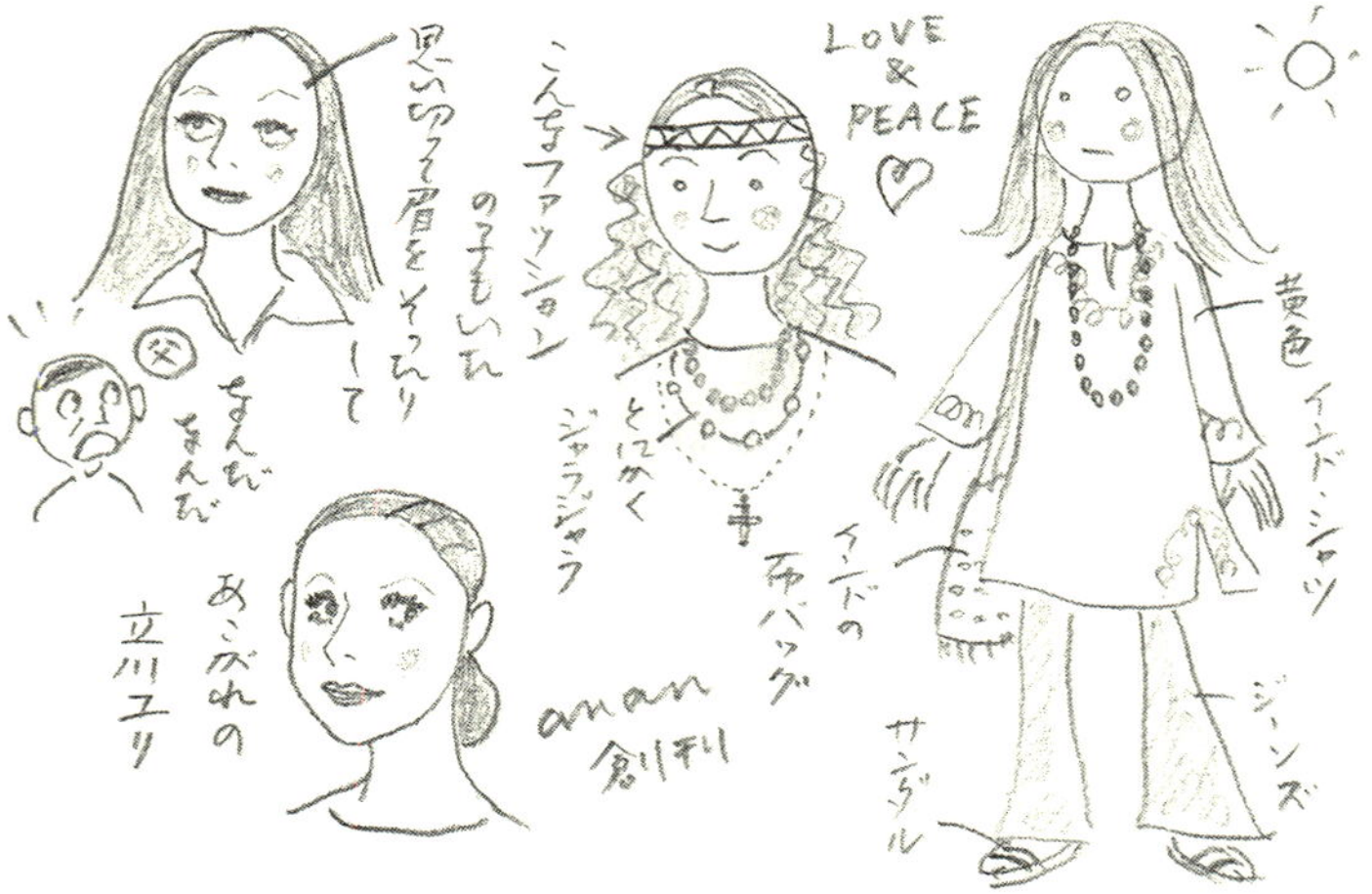

七〇年代と言えば、ヒッピーでしょう。今や伝説となった六九年に開かれたウッドストックのロック・フェスティバルでは、男女とも長髪で、ゆったりしたインド風シャツにベルボトム・ジーンズ、足もとはサンダル風のぺたんこ靴——といったファッションの若者たちが目立った。

　私もちゃっかり、そのハヤリに乗って、新宿の雑貨屋にて黄色のインド製のダバダバしたシャツ（衿回りに白の刺繍）＋ジーンズ＋茶色のぺたんこサンダルなあんて格好で新宿の街をうろついていた。もちろん、ストレートのロングヘア。なおかつ人気モデル・立川ユリのマネして細眉に。ついには、そったりして。

　それでも哀しいかな、根がカタギで、妙に気まじめなところあり、ヒッピーにもフーテンにもなれなかった。そもそもお酒が呑めない家系。男友だちの何人かは新宿ゴールデン街や二丁目のバーに、タムロしていたので、私もお酒に強くなりたいと努力したのだが……ちょっと呑んだだけで、気持いいというより、気持悪くなってしまう。我ながらガッカリ。

2018年12月

夜ふかしの悪癖たのし冬に入る

◉『禁じられた遊び』◉長時間映画いろいろ◉ミュージシャン映画

平成十（一九九八）年。今からちょうど二十年前――。秋から冬にかけて、黒澤明監督と映画評論家・淀川長治さんがあいついで亡くなった。今にして思えば、それは文字通り「一つの時代の終わり」だったのだ。

淀川さんはテレビ朝日の『日曜洋画劇場』（当初は『土曜洋画劇場』）に一九六六年からその死のギリギリまで、あの名調子の解説で出演していた。その頃までは「日曜の夜はＴＶで洋画を観る（家族揃って）」――という生活習慣が少なからずあった、というわけだ。

ビデオやＤＶＤが普及し、ＴＶのチャンネルも増え、スマホやパソコンでさまざまな動画も観られるようになった今――。淀川さんの死ということがなくても、家族揃って日曜夜に古い洋画を観るという習慣は消えていただろう。

と、以上は前置き。何がキッカケだったのか、突然、フランス映画『禁じられた遊び』（'52年）を観直したくなり、ＤＶＤを買った。子どもの頃にＴＶ放映で観て、いくつかのシーンと、もの悲しい感触が残っていて、にわかに観直したくなったのだった。

淀川さんの『日曜洋画劇場』が始まる、もっと前。夕方になると、よく洋画が放映されていた。ＴＶ草創期で、各局、自力で番組を作る力がまだまだ乏しく、穴埋め的に（？）古い洋画を流していたのではないかと思う。

私の記憶ではフランスのジェラール・フィリップ（繊細で知的な二枚目）主演の映画が多かった。

『禁じられた遊び』も、たぶん、その枠で観たのだと思うが、ジェラール・フィリップは出ていない。子どもが主役の映画だった。

第二次大戦下。ドイツ軍の爆撃を受けるフランスの片田舎。パリから田舎へと避難する一家がドイツ軍の空からの銃撃によって両親は即死。五歳の幼女ポレットだけが生き残る。ポレットはまだ「死」の意味さえわからない。少し年上の男の子ミシェルに救い出され、やがて二人は爆撃によって破壊された教会で奇妙にして厳粛な、ある遊び（儀式？）を始めるようになる……という話。

もう六十年以上昔の映画で、私がＴＶ放映で観た時からもザッと半世紀は経っているのだが、いくつかの場面と「犬が出てくる映画だったよね。犬のお墓に泣いたんだよね」という記憶はその通りで、嬉しかった。ポレットを演じたブリジット・フォッセーは、自然な、あどけない演技。その後、フランス映画界を支える立派な女優になったわけだが、あら、私と同じ歳だったのね。

いやー、監督のルネ・クレマン（'13年生まれ、当時三十八、九歳）の演出もすばらしく的確。『禁じられた遊び』と『太陽がいっぱい』（'60年）が二大名作では？　両方ともテーマ曲も印象的だった。『禁じられた遊び』はナルシソ・イエペスのギター・ソロ。『太陽がいっぱい』はニーノ・ロータの曲（この人はフェリーニ映画の音楽でもおなじみ）。

街には映画音楽がたくさん流れていた（とりわけ喫茶店）。映画が巷の暮らしの中に深く浸透していた。私はそういう時代の中で育った。

淀川長治さん（1909−98）。自伝あり。

2018年12月

そうそう。この際、ついでに書いておきたい。『禁じられた遊び』の上映時間は八十七分なんですよね。一時間半弱。それなのに何という充実度。緊密さ。

いったいいつ頃からだったろうか。一時間半、つまり九十分を超える映画が多くなったのは。ぐうたらの割にセッカチの私は、多くの場合、長すぎると感じるのだが、ごくたまに、その長さが効果をあげていて、面白いこともある。例えば……。

＊

フランス映画**『愛と宿命の泉』**（'86年）。何と三時間四十五分。第一部「フロレット家のジャン」+第二部「泉のマノン」という構成で、試写会では間に休憩時間が十五分くらい（？）とられていた。

フランスのある町で繰り広げられる、親子二代にわたる大河ロマン。

キャスティングからしてすばらしいのよ。業《ごう》の深い権力者をイヴ・モンタン。その甥《おい》のいじけた純愛青年をダニエル・オートゥイユ。この二人組のワナにはまることになる正義漢にジェラール・ドパルデュー。その美しい娘にエマニュエル・ベアール――という最高のキャスティング。時代背景は私が特別に好きな一九二〇年代から三〇年代というのもよかった。

ごく簡単に言ってしまえば、農業や園芸には欠かせない「水」というものをめぐる二家族の、愛と宿命のドラマ――というところ。

イヴ・モンタンは当時六十代半ばだったはずだが、しぶとい強欲おやじ（実は純愛の男？）の消像をみごとに演じ切っていた。

ダニエル・オートゥイユとエマニュエル・ベアールは、その後、結婚(一女をもうけたものの'95年に離婚)。

と、こう書いてきてハタと思い出したが、スウェーデンの名匠と言われていたイングマール・ベルイマン監督の『ファニーとアレクサンデル』(日本公開は'85年)も長かったなあ。調べてみると三百十一分というから、エッ、五時間十一分!? もちろん観ているのだが、そんなに長い映画とは感じなかった。二回に区切られての上映だったろうか? 記憶はおぼろ。ベルイマンの世界は私には格調が高すぎて、感心はしても面白くはないのだった。

さらに思い出した。ギリシャのテオ・アンゲロプロス監督の『旅芸人の記録』は三時間五十分。これはしみじみと面白かった。

＊

以前にも書いたが、このところミュージシャンの伝記的映画があいついでいる。

二〇一九年一月四日にはホイットニー・ヒューストンの伝記的ドキュメンタリー映画『ホイットニー～オールウェイズ・ラヴ・ユー～』が公開される。

ディオンヌ・ワーウィックの親類だし、美人だし、比較的順調にてっぺんに駆けあがってスーパースターになったのに……やっぱりドラッグと男(ボビー・ブラウンと結婚していた時期あり)で身も心もすさんでゆくのよね。

2018年12月

実を言うとこのパターン、私はあんまり好きじゃあない。大衆のひそかなる願望――スーパースターになった者は、めでたしめでたしで終わる〝高嶺の花〟ではなく、スターゆえの苦しみのため悲劇的な最期を遂げてほしい。そういう形で「平凡が一番」と思わせてほしい――とべつだんミュージシャンに限ったことではなく、悲劇的最期を美化すること自体、私はあんまり好きではないみたい。基本的に「映画を観て泣きたい」というより、「映画を観て笑いたい」と思っているから。

（２０１８年12月23日号）

◉紅葉、燃えて◉言葉が問題

二十代の頃からの女友だちツルちゃんから電話がかかってきた。

「皇居の乾《いぬい》通りツアー、行ってみない？」と。

そう言えば新聞に書いてあったな。皇居の乾通りが期間限定（九日間）で一般公開される、と。いつもは入れない、いわば都心の秘境。旅行会社の企画ツアーというのが、ちょっと気になるけれど（集団行動が苦手で……）、面白そう、行ってみるかと快諾。申し込み、その他はツルちゃんにおまかせ。

当日。朝九時二十分、東京駅前に集合（寝坊の私、頑張って起きた）。旅行会社の人が旗をかざして待っていた。ツアー客は十数名。

言うまでもなくジジババ一色。ジジ二割、ババ八割と言ったところか。相対的に見れば私たちは「ヤング」、のほう？　今までいろいろ旅行してきたけれど、こういう、旅行会社が全部お膳立てしたツアーに参加するのは初めて。旅行会社の人から十センチ角ほどのシールを渡され、体のどこかに貼って参加者であることの目印に――と言われる。目立たないようコートの袖口に貼る。

大手門から入って乾門を抜け、北の丸公園をめぐり、再び乾門に戻って、マイクロバスで九段のホテル「グランドパレス」で食べほうだいのビュッフェ形式にて昼食。そのまま解散――というだんどり。

いやー、思いのほか楽しめました。子どもの遠足のように、かたまって移動するのではなく、バラバラでOKだったので。大手門も坂下門も乾門もまぢかで見ると立派で清新な美しさ。飾り立てないスッキリ感。つい、皇居というより江戸城（千代田城）の昔を思ってしまう。

紅葉が、またキレイでね。陽を受けて、まさに燃えるよう。名前がわからないのが口惜しいが、白や黄や薄紫の花もあちこちに咲いていた。別天地。左手に宮内庁があり、その奥には木々にさえぎられて見えないけれど宮殿があるはず。

皇居といったら、私なんか、島倉千代子の「東京だョおっ母さん」を連想してしまって、ついつい敬遠してきたのだけれど……。おのぼりさん気分も、結構、楽しいものなのだった。

ツルちゃんは同世代なので、「グランドパレスといったら、昔、金大中《キム・デジュン》事件があったよね」と言えば、「そう、あったあった。大騒ぎだったよね」と思い出話が共有できる。ツルちゃんは学生時代から好きだったSさんと結婚。精神科医に。私は、その一部始終ではないけれど、立ち会ってきた。近頃のツルちゃんは、どうやら仕事をセーブしてプライベートの時間を充実させたいと思っているようだ。

うーん……私も今やそんな心境。歩けるうちに歩かないとというのが強迫観念のようになり、今年は妹夫婦と共に、春は山陽地方へ、秋は山陰地方へと旅行を楽しんだ。海外旅行は……もういいわ。飛行機に乗るのがコワイから。ほんと、私、いまだに飛行機って信じられないんですよ。あんなに重い物体が空に浮かんでいられるわけが無い！って思う。

若い頃は、そういう恐怖を押し切る程に外国に行きたい気持が強かったのだけれど……もはや、特に行きたい国も無く（グルジア＝今はジョージアは、まだ、ちょっと興味ある）、それより国内の未知のスポットへの興味のほうが強くなってきたみたい。

＊

東名高速で起きた「あおり運転事件」。いろいろ考えさせられた。

事故自体は二〇一七年の六月に起きたもので、その公判の様子がＴＶのワイドショーなどで詳しく（詳しすぎる程？）報道されていたのだが……「あおり運転」なんて知らなかった私。いやー、あらためて高速道路が怖くなりましたよ。

千葉に別荘を持つ友人夫婦がいて、車で高速を使って千葉に行くのだが、そんなヘンな運転をする人なんて見たことが無い。たんに私が気がつかなかっただけかもしれないが。高速に関して何の不安も持たないできていた。

考えてみれば確かにねー、いろいろな人が高速を利用しているわけだ。きちんとルールを守る人ばかりではない。ルールすれすれのことをしたり、無視したりすることがカッコイイという美意識の人もいるわけだ。「どうだ、掟破《おきて》りのオレ、ワイルドだろー、カッコイイだろー」的な。

今回の事件の被告（二十六歳）は一家四人が乗るワゴン車を執拗《しつよう》にあおって、ケンカになり、結局、運転席と助手席にいた夫婦が大型トラックに追突され、死んでしまった。公判で被告は、口争いの中で最後に言われた一言（すみません。「ボケ」だったか「アホ」だったか忘れてしまったが、とにかく侮蔑の言葉）でカッとなった——と証言していた。引きガネになったのは言葉なんですよね。

言葉のやりとりしだいで、今回のような惨劇は回避されただろう。

人を傷つける可能性の高い言葉をウカツに発するのは危険なことだ。殺傷力の強い言葉は、互いによく知り合った間柄ならともかく、見知らぬ人に対しては、「伝家の宝刀」のごとく、めったに使うものではない——というのが、人間社会（特に人が密集している都会）の流儀というものだろう。

被害者を責めるわけでは全くないが。

車は、たやすく凶器にも変貌してしまうものだ。たぶん、今回の事件で多くの人がスティーブン・スピルバーグの『激突！』（日本公開は'73年）を連想したに違いない。

高速道路でノロノロ運転をしている大型トレーラーを追い越したばっかりに、主人公が乗っている車は執拗に追いかけられる——という、シンプルなアイデアをもとに、あの手この手の攻防が展開される。

いやー、封切り当時に観ましたが、まさに「手に汗握る」面白さ。大型トレーラーはまさに悪意のカタマリ、狂った猛獣のように見えた。

その新人監督スピルバーグはまだ二十代半ば。「同世代にこんな凄い監督が出てきたんだ！」と

パパ・ブッシュ（1924–2018）。

嬉しかった。以来、えんえんとハリウッド映画界を支えてきた。しぶとい天才。長生きしてね。

ところで（と話はガラリと変わりますが）十一月三十日、アメリカの第四十一代大統領のジョージ・H・W・ブッシュ氏——パパ・ブッシュが九十四歳（！）で死去。

星条旗が掛けられた棺の前で、愛犬・サリーが物悲しそうに座っている姿をとらえた写真に目が釘付け。

まるで御主人様の死をわかっているかのよう……。それにしても日本ではこういう写真、考えられないでしょう。フォーマルとなると思い切り畏《かしこ》まっちゃって、こういうくだけた（？）写真はありえないでしょう。

TVや新聞はパパ・ブッシュの死を大きく伝えていた。それで今頃になって、その出自や太平洋戦争下での従軍体験について、あらためて知ることがいくつか。

若き日のブッシュの写真、いやー、なかなか。ハリウッドでも通用したんじゃないかっていうくらい。太平洋戦争ではパイロットとして命からがらの体験をしたんだよね。

奥方のバーバラさん（いかにも温かそうな人柄に見えた）は、二〇一八年四月に九十二歳であの世へ。その後を追うような死——。


（2018年12月30日号）

◉深夜のハプニング◉ミッちゃんの時代

十二月十五日、深夜。フッと目が醒めたら、枕元の、つけっぱなしにしていたラジオで『オールナイトニッポン』が始まったところ。

その夜は特別編成だったのか、異例の大ヒット映画となった『カメラを止めるな!』の出演者(女優二人、男優一人)が出ていた。思わずオッ!と覚醒して耳をすます。

三人の演者たちは上田慎一郎監督がいないので、とまどいながらも頑張って(?)あの映画にまつわるエピソードなどを語る。内心、「監督、早く来てよ、なんでいないのよ!?」という不安や焦燥を漂わせつつ。

「ははあ……そういうことね」と私はニヤニヤ気分になった。上田監督はニッポン放送から与えられた、この番組枠をそのまんまドキュメント作品にしてしまおうという魂胆なのね。肝心の監督が現れないという状況下で、演技者である三人はどう対応してゆくか……というのを見せたい(聴かせたい)のね。一つの、変種の「作品」にしたいのね。昔風に言えば「ハプニング」。うーん、上田監督、やっぱり面白いわ。頼もしいわ。

というわけで、案のじょう、途中で上田監督登場。実は、女優二人は監督とグルで、途中でちょっとした小芝居をして次々と退席、男優一人がポツンと残され、一人で番組をも**た**せなくてはならないという状況に追い込まれ、四苦八苦していたので、ヤラセと知らされた時は、相当のショックを感じていたようだった。おかしい。

大ヒット映画『カメラを止めるな！』の上田慎一郎監督（左）。

あらためて上田監督のドキュメンタリー魂に感心。一九八四年生まれの三十四歳。語り口も明朗軽快な関西人。私、ドキュメンタリー作家というと、シリアスで暗くて重い「社会派」——みたいなイメージを抱きがちなのだけどね。さすが一九八〇年代生まれとなると、こういうドキュメンタリー作家も出てくるわけ。

私の若い頃は……なあんて、ついつい回顧的になってしまう。ドキュメンタリー的な映画と言ったら「社会派」というイメージ。

何しろ映画界の現場で、才気あふれる新鋭の監督だった今村昌平はドキュメンタリー・タッチの**『人間蒸発』**（'67年）を撮り、大島渚はテレビでだったが**『忘れられた皇軍』**（'63年）を撮っていた。大島渚は戦地に行く歳ではなかったけれど、軍国少年としての戦争体験があり、それをフィクションではなく、何とかドキュメンタリー・タッチで伝えたかったのだろう。「社会派」の部分を表現せずにはいられない世代なのだった。

「戦争を知らない子供たち」の一員である私は、年長世代のそういう屈託を、ちょっとばかり鬱陶《うっとう》しく、そして眩《まぶ》しくも感じていた。上の世代には、よくも悪くも「大きな物語」があるんだなあ、と。

そんな昭和が終わり、平成も終わりつつある今。「大きな物語」は無くても、人間という生きものの面白味を伝えるドキュメンタリー映画は、いくらでも作れるものなのだ——と、『カメラを止めるな！』（略して〝カメ止め〟って呼んでいるみたいね）は確信させてくれた。

＊

話は前後しますが、十二月十日の深夜。若林正恭の番組『激レアさんを連れてきた。』を途中から見たら、その回の〝激レアさん〟はどうやら新宿のバーのママらしく、ゴールデンゲイトとかゴールデン街とか言っているので、「あれっ、もしかして、あのミッちゃん!?」と目を見張っていたら、石橋蓮司さんの名前が出てきたので、やっぱりあのミッちゃんだと確信。

一九七〇年代半ばか後半だったと思う。大学時代のクラスメートで新聞社に就職したタンノ氏と仕事の上でも接点があり、新宿のバーで時どき会っていた。私は体質的にお酒が呑めず、何とか「大人の女」ぽくお酒を楽しめるようになりたいという気持もあった。

そんな中で、タンノ氏は「ミッちゃんていう、凄い女の人がいるんだよ」と言って、ミッちゃんの店に連れて行ってくれた。タンノ氏は、どこがどう凄いと言っていたのか、すっかり忘れてしまったけれど、ミッちゃんは、パッと見た時「生気潑溂」という印象の人だった。その後、別の名前の店に一、二度行ったかな？　タンノ氏が「ミッちゃん、ブラジルに行くんだって」と言うので、「エッ、なんでブラジル!?」と、ちょっと驚いた記憶あり。

あれはミッちゃんの店だったのか、それとも他の店だったのか、客に俳優の石橋蓮司さんがいて、タンノ氏とは旧知だったらしく、私も混ざり込んで楽しくオシャベリしていたら、ドアをあけてノッソリ入って来た（同世代らしき）男が、しばらくムッツリと黙って呑んでいたのだが、突然、私たちの会話に割り込んできて、やがて蓮司さんと口ゲンカになり、殴り合いに。蓮司さん圧勝。相手は階段をころがるように退散――と、当時の新宿では、それ程珍しくもない展開になったのだが……世間知らずの私はドキドキ。うーん、懐かしいなあ。

今回、『激レアさんを連れてきた。』で、あらためてミッちゃんの破天荒な半生を知ることができた。カメラマンとしても特異な才能を発揮。ブラジルでは経営するバーを守るため、荒くれ者たちと銃撃戦を展開したという。そんな奴らも銃撃戦のあとは何事も無かったかのように客としてやって来ていたという。さすがブラジル。ミッちゃんは五年間のブラジル生活のあと、帰国して新宿ゴールデン街でバーを経営しているという。

「七〇年代のゴールデン街は酔っぱらい同士、殴り合いになって、二階の窓から一人、ぶん投げられて、さらにもう一人、ぶん投げられて……三段重ねになったりしていたのよ」というTVの中のミッちゃんの話に私は爆笑。

そんな光景を見たことが無いのは残念だけれど、ほんとうに、あの頃のゴールデン街は荒々しかった。「全共闘世代」の悪癖（?）か、男たちは「鬼面人を威《おど》す」的に突飛なことや攻撃的なことを言い合い、やがて、つかみ合いのケンカになるのだった。犬のマウンティングみたいなもの。まったくバカバカしいのだけれど、懐かしい。たぶん、ミッちゃんも蓮司さんも私のことはおぼえていないだろう。相変わらずお酒に弱く、ゴールデン街にはめったに行かなくなってしまったから。

十二月十四日のNHK、『ドキュメント72時間』という番組で、ナレーション担当の女の人が、一段落をヒトダンラクと言っていたので、「エッ!?　NHKでも、もはやOKなの!?」と、あんまり気分がよくなかった。一段落はイチダンラクでしょう。

念のため辞書を見たけれど、イチダンラクとあるだけでヒトダンラクなんていう言い方は出ていなかった。

これが民放テレビ局だったら、「あー、ねー」と思うだけなのだけれど、NHKだったので活字にするわけだ。国語学者は「言葉は生きものですから」とか物わかりのいいことを言うけれど、そんなことはわかっている。その上で、ウルサイことも言って欲しいもんだと私は思う。言葉に関して保守的な人がいてくれないと、逆に型破りの面白さも楽しめなくなる。


（2019年1月6・13日号）

◉平成という時代◉二〇一八年の映画ベストテン

二〇一九年、あけましておめでとうございます。

と書きたいところだけれど、実はまだ師走の二十四日。業界で言うところの「年末進行」のため、書き溜め原稿なのです。ごめんなさい。

それでも昨日（天皇誕生日）、記者会見での真情あふれるスピーチをうかがい、NHKテレビで『天皇　運命の物語①―敗戦国の皇太子』と題されたドキュメンタリー番組を観て、いよいよ新しい天皇、そして新しい元号の時代に入るのだということが実感として迫ってきた。

昭和天皇が崩御し、当時官房長官だった小渕恵三さんが、新元号は平成ですと額を掲げた。あの時からもう三十年か……。アッという間に感じられる。

NHKのその番組では今上天皇の少年期＝皇太子時代の様子を、貴重な映像や当時の御学友のコメントなどを駆使して描き出していた。戦時下はまだ少年だったから、昭和天皇には戦争責任をめ

2018年12月

ぐる議論はあっても、今上天皇にはない。それが決定的違い。

戦後昭和の頃は右翼にしても左翼にしても、天皇の戦争責任に関してイデオロギッシュな議論があって、「戦争を知らない子供たち」である私なぞは、少しばかり鬱陶しくも感じていたのだが……平成となると、あの戦争の影はグンと稀薄になってゆくのだった。


「人間・天皇」を感じる16分間のスピーチだった。

神軍平等兵を名乗り、過激な皇室批判活動をしていた奥崎謙三（'20年生まれ）の姿を追ったドキュメンタリー映画『**ゆきゆきて、神軍**』が単館上映ながら、戦争を知らない若い客を集めてヒットしたのは、昭和の末期ギリギリ、一九八七年のことだった。

その頃までは右翼のスター的活動家であった赤尾敏（九〇年没）が有楽町駅前で演説していたり、私のマンション近くの晴海通りを右翼の街宣車が大音響で「見よ東海の空明けて……」という歌を流しながら通って行ったりしていたのだが……。

平成に入ってからは、そういう戦争がらみの右翼色はどんどん薄らいでいった。と同時に左翼色も。

天皇陛下と美智子皇后は、カリスマであることを求めず、災害地を訪れ、ヒザを屈し、視線を合わせ、「慰霊」、そして「慰励」という形で新しい皇室像を模索されてきた。賢明なことだったと思う。

私自身は特には皇室について深く考えたことのない人間ではあるけれど、国民の多くが、そういう超俗的存在を望むのなら、それに従いたいと思っている。皇室によって守られ、育てられてきたもの（伝統的な技能や芸能など）もたくさんあると思うから。

そして、制約から解放されて本来の明るさやお茶目なところを取り戻した皇太后・美智子様を見たいから。

＊

「二〇一八年に観た映画のベスト10」。無理やりにでも順位をつけたほうが面白いかなと思って、以下、あえて順位づけ。
①『犬ヶ島』（ウェス・アンダーソン監督）。
二十年後の日本を想定したストップモーション・アニメ。感染病予防のため、犬たちはゴミの島に追放される。十二歳の少年アタリは愛犬を助け出すためゴミの島へ――という話。

いやはや何とも、この監督らしくビジュアルがすばらしい。オシャレでユーモラスでかわいいの。ちょっとヘンテコな日本趣味も楽しい。
②『ボヘミアン・ラプソディ』（ブライアン・シンガー監督）。
とにかく主人公フレディ・マーキュリーを演じたラミ・マレックがピッタリの好演。ちぢれたオカッパ頭のファニー・フェイス!? いかにも一九七〇年代らしいピチピチのセーターで登場のファースト・シーンから目が釘付け。笑う。歌声に胸が熱くなった。ムダなシーンもほとんど無い。
③『ラッキー』（ジョン・キャロル・リンチ監督）。
映画自体の出来がどうこうという以前に、老優ハリー・ディーン・スタントンの風貌と演技に感

涙。この味わい深い名脇役のために敬愛をこめて撮られた映画だというのがヒシヒシと伝わってくる。H・D・スタントンは二〇一七年九月に九十一歳で亡くなった。

④『**フロリダ・プロジェクト　真夏の魔法**』（ショーン・ベイカー監督）。

アパートも借りられない、その日暮らしの人びとが泊まるモーテル。シングルマザーの母親と六歳の少女を中心に、貧乏の悲哀と一筋の光明を描き出す。アメリカのやりきれない現実。主役の少女の演技に目が釘付け。その生命力と賢さ。何やっても生きていけそう。

⑤『**モアナ　南海の歓喜**』（ロバート・フラハティ監督の無声映画をその子孫が音をつけて完成したもの）。

百年近く前の南太平洋サモア諸島の暮らしの記録。衣・食・住のすべてが過不足なく、満ち足りたもののように見える。美しい。

⑥『**シェイプ・オブ・ウォーター**』（ギレルモ・デル・トロ監督）。

アマゾン奥地で捕獲された不思議な生きものに恋をする女の物語。この監督らしく、これでもかこれでもか的にファンタジー性が濃厚で、ちょっと胃モタレしたものの、いかにもアメリカンなマイケル・シャノンが胃薬代わりに。

ヒロイン役のサリー・ホーキンスは同時期に公開の『**しあわせの絵の具**』でもイジケた役を好演。一気に注目。

⑦『**レディ・バード**』（グレタ・ガーウィグ監督）。

ニューヨークの大学に進学希望の女子高校生の恋と友情、そして家族への思い。主演のシアーシャ・ローナンは十三歳にして『つぐない』の演技でアカデミー助演女優賞にノミネートされた。私はその時からのファン。二〇一八年はもう一本『**追想**』も公開された。というわけで若年女優ナンバーワン。

とびきりの美人というわけでもないのだけれど、何か、惹きつけるものがあるんですよね。比較的アッサリ顔なので、どんな役でもこなせそうだし。

⑧『**アイ，トーニャ**』（クレイグ・ギレスピー監督）。

アメリカのフィギュアスケート選手トーニャ・ハーディングの実話を映画にしたもの。当時、日本でも彼女の行動はスキャンダラスに伝えられていた。アメリカ貧困層のどうしようもなさ、特異な母親、罵声と暴力……。思わず眉をしかめるが、妙なおかしみもあり。母親役のアリソン・ジャネイのクセの強い演技が見もの。

⑨『**スリー・ビルボード**』（マーティン・マクドナー監督）。

ヒイキの女優フランシス・マクドーマンドが主演。娘を何者かにレイプされたあげく殺され、警察は頼りにならないので敢然として犯人逮捕に立ちあがる……。アメリカの田舎町の風景や暮らしぶり。いささかのおかしみもあり。

⑩『**アリー　スター誕生**』（ブラッドリー・クーパー監督）。

レディー・ガガが意外と言うか、やっぱりと言うか、シッカリとした演技を見せる。やっぱり女はしぶとく、男はかよわい。

ちなみに邦画では『**カメラを止めるな！**』（上田慎一郎監督）。人間のそのままのおかしみを信じてカメラを回す、その度胸と粘りが痛快。やっぱりネットより映画ですよー。

（2019年1月20日号）

2018年12月

私、映画は基本的にコメディが好き。現実の世の中は、基本的に悲しい話、むごい話、せつない話に満ちているからかもしれない。人を笑わせる、ほほえませる、「人間、捨てたもんじゃないなあ」と思わせることって、実は結構、大変だと思う。

ヘンな顔をしてみたり、お尻を出してみたり、タブー視されている言葉を口にしたり——ということだけでも人は笑うだろうが、まあ、あんまり上等な笑いとは思えない。五歳の子でも笑うはずだから。

コメディ映画はやっぱりアメリカがベストだと思う。どうやらアメリカのコメディ映画はユダヤ系の人びとによって支えられているようで、ユダヤ・ジョークのセンスが根底にあるようだ。ウディ・アレンもユダヤ系だしね。

アメリカ人同士だったら外見で見分けられるのだろうが、私はいまだにわからない。私が長年、敬愛してきたビリー・ワイルダー監督もユダヤ系。ちょっとヒネった、しんらつな笑いというのがポイントなのかもしれない。

2019年1月

冬うららコロッケ匂ふパン屋かな

◉がんばるＮＨＫ◉花篭寄席◉ゆく年くる年

一月六日、夜。ＮＨＫ大河ドラマ『いだてん』の第一回を観る。いやー、面白いじゃないですか。正直言って、私、ＮＨＫ大河ドラマをちゃんと観るのは初めて。映画を観ることに追われているせいもあって、どんなに話題になってもＴＶドラマ（単発ものではなくシリーズもの）はスルーしてきたのだけれど、今回の『いだてん』は宮藤官九郎の脚本だと知って、ちょっと観てみようという気になったのだった。

主人公は、明治時代のオリンピックに参加したマラソン選手の金栗四三《かなくりしそう》（中村勘九郎）のようだが、第一回ではオリンピック招致に尽力した人として嘉納治五郎（役所広司）が登場する。

嘉納治五郎と聞いただけでワクワクしてしまう。子どもの頃、熱心に読んでいた少年マンガ雑誌の『イガグリくん』でだったと思うが、神のような存在として描かれていたからだ。カノー・ジゴローという名前自体、かっこいいしね。

今回の大河ドラマを観て、柔道の名人というだけでなく、柔道をオリンピック競技にすること、世界に広めることにも尽力した人だったんだあ、スケール大きい！……と、あらためてリスペクト。

キャスティングも贅沢《ぜいたく》。エラソーに言いますが、私が嫌っている俳優

『いだてん』の中村勘九郎（左）と阿部サダヲ。

は一人も出てこない（今のところ）。

横尾忠則の三つ巴《どもえ》、いや三本脚の絵をあしらったタイトルも愉しい。街の光景におけるセットも凄い……。

中村勘九郎も適役。顔も体も精悍《せいかん》に。父親の勘三郎さん、生きていたら絶対に『いだてん』に出演したがっただろうなあ。

何だか、数年前からNHKってオシャレにポップになってきてない？『LIFE!』と『チコちゃんに叱られる！』を観ていて、そう思う。

笑わせ方もビジュアル面（衣裳、セット）も愉しいんですよね。泥臭くないんですよね。好き（『チコちゃん』の、物干しザオに止まっているキョエちゃんのワルそうな顔、サイコー！）。『紅白』はビジュアル的にもなかなか面白かったしね。

＊

話はさかのぼってしまうけれど、昨年の十二月三十日の午後は歌舞伎座ビル三階の花篭ホールへ。大学時代からの友人T氏の、そのまた友人がプロデュースした『第一回　花篭寄席』。たいした宣伝もしていないのに満員状態だった。やっぱり落語はブームなのか？

二日間にわたっての演芸イベントで、前日（二十九日）は、別の顔ぶれだったようだが、私が観た二日目は、三遊亭遊雀（落語・御神酒徳利）＋三笑亭可龍（落語・佐々木政談）＋江戸家まねき猫（動物ものまね）という構成。

三人とも、本題からはずれた、ちょっとしたクスグリもイヤミなく面白く聴けた。クスグリにその話し手の人柄とかセンスとかが端的に出るものですよね。

爆笑型の落語家も悪くはないけれど、基本的に落語というのは、爆笑をとるというより聴き手をいい気持、ゆるゆると愉しい気分、「人間っていいなあ、妙なもんだなあ」と思わせる芸能なんじゃないかと私は思っている。というか、私が落語に求めているのは、基本的にそういう種類の笑い。

紅一点、きもの姿の江戸家まねき猫は、その昔、TV草創期と言ってもいい頃、NHKの『お笑い三人組』に出ていた江戸家猫八（三代目。ものまね）の孫ではなく娘だというのでビックリ。そんな歳には見えなかったので。どうやら五十代らしい。若く見える。

今回この寄席をプロデュースした知人は「どうでした？」と心配していたけれど、私は愉しめた。歌舞伎座ビルは私が住んでいる所から近いので、ぜひ、続けてほしいと願っている。

＊

その翌日、つまり大みそか。NHK『紅白歌合戦』は予約録画して、友人所有の千葉の別荘へ。TVは置いてないし、べつだん何をするということもなく、ただもう人気《ひとけ》の無い、自然物ばかりの中に身をゆだねたいという気持。

友人夫婦が思い切って買った薪《まき》ストーブ（何十万円とかして結構、お高いものなのよね）に薪をくべたり、炎をジーッと見たりしているのが愉しい。

元旦はハレバレとした晴天。友人が奮発してなじみの料理屋に注文した上等おせち。それを、化粧もせず、ボロいジーンズ姿で食べている私……。

　車で数分ほどの所にある、清らかな湧水が出る神社に参拝。全然、目だたない小さな神社なので、私たち以外は誰もいない。

　車を走らせていても、お正月らしさはまったくナシ。門松は言うまでもなく、簡易な松飾りも無い。普通の休日風景と変わり無し。人の姿など全然見られず。わずかに道路沿いのショッピング・モールというのかな、そこだけは人も車も多く、にぎわっていた。

　フッと子どもの頃のお正月を思い出す。暮れには商店街の広い通りに門松や松飾りなどの市が立って、にぎわったものだった。

　お金持の家は門松を立てていたけれど、ウチは小さな松飾りですませていた。確か、多くの家が日の丸を長い棒に張って、玄関あるいは門に掲げていたように思う。いつ頃からそういう習慣は消えたのだろう？

　大みそかの母は夜になっても、『紅白歌合戦』を観ようともせずに台所でおせち作りだの食器の用意だので忙しくしていた。いっしょに『紅白』観たいのに……と私はイラついた。

　そうして一夜明けると、年に一度の朝湯につかり、下着も服も新しいのを身につけて、いくぶんテレながら「あけましておめでとう」と言い合い、前夜の騒ぎは嘘のように器にキチンとおさまっているおせちを食べるのだった。そうして、いつも「おせちは見た目は好きだけれど食べるとガッカリするものが多い」――という感想を持つのだった。

　さて。東京に戻って来ると、銀座のデパートは初売りバーゲン。そんな華やぎはあるものの、路地などにはお正月らしさは感じられない。さすがに新橋演舞場近くの有名料亭「金田中《かねたなか》」の門松は立派なものだったけれど。

ハロウィンだのクリスマスだのは毎年ニュースになるくらい若者たちの大イベントになっているのにね。クリスチャンでもないのに。銀座でも、きもの姿の人はあまり見かけなかった。

そんな、さなか。妹から「脚が痛くて、杖無しには歩けない。病院は休みだし、コム・デ・ギャルソンのバーゲンにも行けない！」と悲痛な電話あり。

転んだり打ったりしたわけではなく、以前から軽く痛んでいたのが、突然、強く痛み出した。それは母とまったく同じ症状で、遺伝したのに違いない――と言う。

私は大ショック。オカネのことを考えるのが、すごく面倒くさいので、経理的なことはいっさい妹にまかせている。恥ずかしい話だが銀行から現金をおろすのも妹にやってもらっていた。通帳を見ることもないので、貯金の額すら私は知らないのだった……。正月そうそう、まいったなぁ！

（2019年1月27日号）

◉ビル街の異変◉美貌の自由人◉器の大きさ◉勅使河原家の二人

一月十一日、午後二時半頃だったと思う。映画の試写を観るために西新橋交差点近くを歩いていたら、ちょっと異様な光景が。

そのあたりは高層ビルが林立するオフィス街で、路上のサラリーマン数名が足を止め、一様に上空かなたを見上げているのだ。「エッ、何!?」と足を止め、見上げてみると、大型のヘリコプターみたいなのが三機、飛び交っている。その音も不穏。ドキドキしながらも、つい、半世紀以上前の

TVムービー『スーパーマン』の冒頭シーンを連想してしまう。街角で通行人たちが上空をみつめ、指さし、「鳥だ」「飛行機だ」「いや、スーパーマンだ」って叫ぶのよね。

黙っていられず、隣に立っていたサラリーマン風に「何かあったんですか?」と聞いてみると、「火事のようですよ」と言う。確かに煙が立ちのぼっている。

その夜のTVニュースや翌日の新聞によると、建設中のビル(地上二十七階・地下二階)の屋上で、作業中にバーナーの火花が断熱材の発泡スチロールに引火。複数の作業員が数十本の消火器を屋上に運び初期消火にあたったという。

高層ビルでの火災ということで、『タワーリング・インフェルノ』('74年)も思い出しましたね。ポール・ニューマン(ビル設計者)、スティーブ・マックイーン(消防士)、フレッド・アステア(品のいいサギ師)らオールスター・キャストで、シナリオも充実していて、面白かったー。

進退きわまって、隣のビルとの間にロープを張り、カゴ状の物に乗って脱出する——という場面、ほんと、怖かった。

今、思い出しても高所恐怖症の私、あのカゴには乗れないんじゃないかと思う。あのシーン、ちょっとしたトラウマ。

*

一月の五日に兼高かおるさんが九十歳で、十二日には市原悦子さんが八十二歳で……。尊敬していた年長の女性有名人があいついで亡くなられた。

世界を飛び回った兼高かおるさん。

兼高かおるさんと言えば、TVの『兼高かおる世界の旅』だけれど、あの番組（TBS）がスタートしたのは昭和三十四（一九五九）年だったのね。日本が高度経済成長へと突き進んでゆく、その始まりの頃だったのね。

今でも思い出す。我が家は父の仕事の関係でTVを買ったのは早いほうで、近所の子たちがプロレスや相撲を観に来たりしていたけれど、それもつかのま、皇太子御成婚パレードも一大契機となって、どこの家でもTVがあるのは当たり前のようになっていった。何と言うか、「昭和のひなた」とでも言いたいような時代だったのだ。

当時の日本のTV界は番組を自力で作る能力が乏しかったのか、アメリカ製の連続ドラマを流していることが多かった。これが私にとっては幸い。『パパは何でも知っている』『ビーバーちゃん』『わんぱくデニス』『ローハイド』『ハイウェイ・パトロール』『ヒッチコック劇場』などガツガツと観ていた。だいぶ洗脳されたと思う。アメリカ、凄い。日本、ダサイ——と。

当然、美人で頭がよくて活発で、世界を飛び回る兼高かおるという人には憧れるわけです。口の悪い父も兼高かおるさんのファンだったし（それなのに、十数年後、私が会社を辞めてヨーロッパ放浪の旅に出た時には、父はショックで寝込んでしまった……）。

兼高かおるさん追悼のTVニュースでは、一九五九年にスペインの画家ダリに会った時の様子も紹介されていて、これが私にとっては一番、愉快に感じられた。どんな人に対しても物おじしない

――というのが兼高かおるさんの一番の強みであり、美徳だったんだなあと、あらためて思った。

＊

大学生だった頃、まあまあの美青年でモテていた男子・某が「好きなタイプは市原悦子」と言ったので、エッ!?と驚いた記憶あり。美人というのでもないし、歳も一回りくらい上なのに……と。でも、その後、TVや映画で観るようになって、市原悦子が好きという気持も「なるほどねー」と思うようになった。女の私でも「この人なら、みっともなくダメな自分でも受け容れてくれそう、わかってくれそう、うまく叱ったり励ましたりしてくれそう……」という感じがあるんですよね。女の温かさ、やさしさ、かしこさ……。「器が大きい」っていう感じ?

『家政婦は見た!』シリーズも大好きだったけれど、やっぱり何と言っても『まんが日本昔ばなし』のナレーションが楽しかったですね。先に逝ってしまった常田《ときた》富士男さんと共に（この二人をキャスティングした人は偉い!）。

訃報によって八十二歳と知った。もっと若いように思っていた。自己免疫性脊髄《せきずい》炎に苦しんだあげくの心不全というのが、辛《つら》い。のんきな『まんが日本昔ばなし』のテーマソングを頭に浮かべて、送りたいと思う。

＊

2019年1月

十二日、夜のEテレ『SWITCHインタビュー　達人達選』は女優・奈良岡朋子vs.華道家・勅《て》使河原茜《しがはらあかね》という顔合わせ。

　奈良岡朋子さんは私よりだいぶ歳上だけれど、子どもの頃からカッコイイ人だなあと憧れていた。いわゆるクール・ビューティ。八十九歳（！）になった今でもその魅力は変わらない。洋画家の奈良岡正夫の娘として生まれ、やっぱり絵が好きで女子美の洋画科へ。そして大学在学中に演劇に興味を持ち、宇野重吉や滝沢修の劇団「民藝」に参加。

　いっぽう、勅使河原茜さんは草月流の創始者であった蒼風《そうふう》の孫にあたる人で五十八歳。蒼風→霞→宏→茜という系譜で四代目の家元ということになる。

　実は私の母は花が好きで、どういういきさつだったか、草月流の生け花を習うようになり、マジメな性格だから（センスはあまりないのに）長年コツコツとお稽古に通い続けて、いちおう師範の免許を取得。私と妹、それから近所の人に教えることになった……というわけで、私もいちおう心得くらいはあるのです。剣山というのが、どうしても好きになれなかったけれど。

　今や「花嫁修業」なんて言葉も死語となり、和室は激減し、床の間というのも無くなってきているので、そういう空間を前提にした生け花というのも先細りなのでは？と思ったのだが……それでも茜さんの作品を見ると、大きなビルのフロアでこそ生きるような、空間造形的（？）といった感じのものなので、なるほどこういう活路もあるわけだと気づかされるのだった。

　茜さんのお父さんは映画監督の勅使河原宏さんで、一九六〇年代から八〇年代にかけて、おもに安部公房原作の映画を撮っていた。『砂の女』（'64年）、『他人の顔』（'66年）、『燃えつきた地図』（'68年）。ナマイキざかりの私は、イマイチよくわからないまま安部公房＋勅使河原宏作品を面白がっていたけれど、『燃えつきた地図』（市原悦子も出ていた）で勝新太郎が主人公の私立探偵を演じていたのには、ちょっと首をひねった。

（2019年2月3日号）

◉平成最後の天覧相撲◉映画と浪曲と◉グレン・クローズ、最高！

大相撲初場所八日目。稀勢の里は初日から三連敗で五日目には休場。一つの勝ち星も無いまま引退を表明。ガッカリ、と同時に「もう哀しい思いをしないですむ」という安堵感も。

鶴竜も六日目から休場だし、大関の高安も豪栄道もパッとしない。栃ノ心も五日目から休場――。私、栃ノ心、ヒイキなのよ。

母国ジョージア出身の映画監督イオセリアーニの人柄も映画も好きなので。

そんな中、中入り後、天皇・皇后両陛下が国技館を訪れ、観戦された。お二人が入場された時、観客たちはみな立ち上がって拍手で迎えた。四月には退位されるので、両陛下にとっても観客にとっても格別の思いがこもった情景――と感じられた。

退位されたら、気軽にお二人でお相撲見物にいらしたらいいのに……と私は思うが、そういうわけにはいかないのか？

さて、稀勢の里引退後、私の関心は高安、豪栄道、琴奨菊、貴景勝そして阿炎（アビちゃん、なんてちゃん付けにして。長い脚がチャームポイント）。

ずうっとヒイキにしていた安美錦・四十歳と豊ノ島・三十五歳は今は十両に。七日目にはこの二人の対戦があって、場内は大いに沸いたそうだ。二十四日（十二日目）には坪内祐三さんたちと国技館に行く予定あり。十両の対戦も見られるよう早めに出かけなくては。

＊

前項で、土曜の夜、Eテレ『SWITCHインタビュー　達人達選　奈良岡朋子vs.勅使河原茜』について書いたのだけれど、その次の回の**『映画監督・周防正行vs.浪曲師・玉川奈々福』**も大変、面白い対談になっていた。

御存知のように、周防正行監督は立教大学時代に蓮實重彥氏の映画論の講義に触発され、映画界入り。『シコふんじゃった。』『Shall we ダンス?』『それでもボクはやってない』『終の信託』など、清新な映画作りで日本映画界を活気づけてきた人。

いっぽう玉川奈々福は元・有名出版社の有能編集者だったのだが、趣味で三味線を習っているうちに浪曲の魅力に目ざめ、出版社を辞めて浪曲師になった人（以前の本にもチョロっと書いたが、私の本も一冊担当してもらったことあり。人柄も明るくて、サッパリしていて、とてもいい人）。

二人とも決して理屈には走らないタイプの知性というものを体の中に持っているので、小難しい議論というふうにはならず、パッと感覚的によくわかる、明朗で生き生きとした対談になっていた。わかりやすくて、しかも、ディープ。

いっぽうは映画、いっぽうは浪曲。両方ともそれなりの長い歴史を持つようになった今、どうやって時代ズレしない形で、生き生きとした作品に仕立てあげていくか――というところに、一番、苦慮しているようだった。

そんな二人の対話を聞きながら、私は「この二人だったら、自分の直観に従いさえすればOKなんじゃないの？　理屈以前の直観のほうが正しく、しぶといようだもの」と思った。たぶん、実のところ二人ともそう思っているはず。

周防監督はもっか『カツベン！』という無声《サイレント》映画（別名・活動写真）の弁士を題材とした映画を撮っていることを知った。無声映画の時代といったら、日本は二十世紀初頭から一九二〇年代末くらいまでといわれている。

そのサイレント時代の弁士として最も人気があり、のちに話芸や著作などでスーパースター的に長く活躍したのが徳川夢声。

私は子どもの頃（＝TV草創期）、『私だけが知っている』という犯罪推理番組や『こんにゃく問答』という柳家金語楼との対談番組や、『ノンちゃん雲に乗る』という、わがホームタウン浦和を舞台にしたハーフの美少女バイオリニスト・鰐淵晴子主演映画で仙人に扮していたのを観て、なんだかわからないけれど、スゴイおじいさん——と尊敬していた。

著作もたくさん。おもにユーモア小説。日記もスゴイ。読みごたえたっぷり。たしか昭和天皇にもお会いしたはず。タモリ、たけしを例に出すなら、資質としてはタモリ寄りかも。一九七一年に七十七歳で亡くなった。

なあんて、話が大幅にズレてしまった。カツベン＝活動弁士の話だった。実は、今でも無声映画の愛好者というのは少なからず存在していて、活動弁士というのも十数名いるようだ。澤登翠さんが一番有名だと思うが、私は数年前に、高田文夫さんのイベントで東京の若手・坂本頼光《らいこう》君の弁士ぶりを観ることができた。

*

さて。特に中高年におすすめしたい映画あり。『天才作家の妻―40年目の真実―』。

一組の初老夫婦の話。夫は現代文学の巨匠として知られ、ついにノーベル文学賞受賞という知らせを受ける。

夫婦揃って授賞式が行われるストックホルムに行き、用意された最高級ホテルに宿泊。有頂天になっている夫に対して、妻はどこか浮かぬ顔。若い頃に知り合い、作家としてデビューするべく、励まし合い、協力し合ってきた二人なのだったが……。実は二人には人に知られたくない秘密があった。その秘密が晴れ舞台に臨む妻の心に微妙な波紋となって広がってゆくのだった……という話。とにかく妻役のグレン・クローズの演技に注目。夫への、いとおしさと怒りと恨みと……。さまざまな感情が激しく交錯。

若き日の回想場面（他の若い女優が演じている）とのギャップは大きいものの、やっぱりグレン・クローズでなくては、これだけのリアルさとユーモアと一種の諦観を漂わすことはできなかっただろうと思わせる。ほんと、いい女優です。

能天気で女好きの夫を演じたジョナサン・プライスも、いつまでも二枚目意識を捨て切れず、面倒なことは聡明な妻にまかせきり、といったキャラクターにうまくはまっている。デリケートな文学作品は生み出せても実生活では鈍感なのよ。女から見れば「いい気なもの」。インテリのダメ男を快演。

この映画、ストックホルムでのノーベル文学賞授賞式に関する、さまざまなディテールがわかるのも楽しい。泊まるホテルや式のリハーサル風景や提供されるサービスや料理やマスコミ関係者の動きなど。

最初にグレン・クローズに注目したのは『ガープの世界』（'82年）だったと思う。特異な方法で子作りしてガープの母親となる妙な女を怪演。『危険な情事』（'87年）では一度寝ただけで男に執拗につきまとうキャリアウーマンを演じ、『アルバート氏の人生』（'11年）では、男として生きた女の人という風変わりな役柄。

というわけで、スクリーン上では特異な役柄が多いのだけれど、なぜか、何となく「実は、いい人」と思ってしまう。好感度、高し。

今回の『天才作家の妻』には、そんな人柄のよさが生かされているように思った。一九四七年生まれの七十一歳。

バカな夫役のジョナサン・プライスも同年の七十一歳。『未来世紀ブラジル』（'85年）で一気に注目したものです。

（2019年2月10日号）

◉戦国時代？◉ジレったい…◉命あるもの

大相撲初場所・千秋楽。玉鷲優勝の様子をTVで観ていたら、画面上部に「人気アイドルグループの嵐、来年末に活動休止」というテロップが（ってことは東京五輪後！）。それに続く六時のNHKニュースでも冒頭で「嵐」の一件を伝えていた。大ニュース!?

活動休止ということに関しては、「あ、やっぱりね〜」という感じで驚かない。「嵐」としてデビューしてもう二十年なのだもの。メンバーたちは三十代半ば、あるいは後半という歳になっているのだし、メンバー五人それぞれ個性がクッキリしていて、一人でもこなせる得意分野を持っているわけだし。いいグループだよね、私は好き。

ちょっと気になったのは「活動休止」という言葉。「解散」とは言わないのね。そこに何らかの意味があるのか、無いのか？　とりあえず『VS嵐』『嵐にしやがれ』はどうなるんだろう……。

有名な話だけれど、ジャニーズ事務所は、戦後、アメリカ大使館で通訳をしていたジャニー喜多川さんが、代々木の宿舎近くの野球少年たちを引き連れてアメリカ映画『ウエストサイドストーリー』を観て、みんな感動（当時の私もね！）、そこから野球ではなくダンスに夢中になっていって、やがてジャニーズ事務所としてタレントを養成するようになったというのだった。

初代ジャニーズ（あおい輝彦、飯野おさみ、真家ひろみ、中谷良）を同世代としてハッキリおぼえている。「あの人は今？」と時どき気になる。

なあんてジャニーズ話を書いていたらキリが無い。話を相撲に戻す。

いやー、今場所は大波乱でしたね。何しろ、稀勢の里が初日から三日間黒星で五日目から休場。スパッと引退。鶴竜は不調で六日目から休場。白鵬は着々と白星を重ねていったのに十一日目から三連敗で翌日から欠場――。

結局、最後の二日間は横綱不在の場所となった。

玉鷲。いい人っぽい。

大いにガッカリだけれど、横綱がいなくて淋しくなったかというと、案外そうでもなく、（私の主観では）何だか「下剋上」的な、戦国時代的な、乱戦ムードが面白く感じられた。

何と言っても貴景勝の若さ。気の強さ。そちらに目を奪われているうちにコツコツと玉鷲が白星を重ねて優勝——といった感じ（玉鷲、地味だけれど、いい人の感じがする）。

＊

ＴＶのワイドショーを観ていて、近頃ジレったくてたまらなくなるのが眞子さまの婚約相手の小室圭さんとそのお母さんの話だ。

皇室やその周辺に関しては、あまり興味も接点も無く、ただもう品よく無難でいてくだされば、それでいい——といった考えしかなかったのだが。ここにきて、小室ママの元・婚約者が「以前、四百万円を貸したのに、いまだに返却されていない」と発言。小室家のほうでは「借りたのではなく、いただいた」と反論。俄然、生ぐさい話に。

何しろ眞子さまは秋篠宮家のお嬢様だから、メディアは小室母子に関してもだいぶ気を使って報道は抑えぎみ。近頃、ようやっと小室ママの顔がちょっとばかり映されるようになった。短いコメントも聞けるようになった。それでもその、人となりに関しては（取材や調査をしているはずなのに）、ほんのちょっとしか報道されないのがジレったい。なあんて思う私はゲス!?

乏しい情報の中で私が勝手に想像してしまう小室ママのイメージは、あんまり好ましいものではない。ブランドとかステータスとかセレブとか世間体《てい》とか、そういうことに強く執着する人のように感じられる。

元・婚約者が小室ママに「帝国ホテルの写真館で写真を撮ってもらいたい」とねだられ、希望通り帝国ホテルに連れて行って小室さん母子を撮影してもらったという写真（小室青年が脚を組んでイスに座ってほほえんでいるところ）がＴＶで映し出されていたが、小室青年は１２０％くらいカッコよく写っていて、「あら、さすが帝国ホテルの写真館」と感心したが……撮影代は元・婚約者が払ったのに元・婚約者は撮ってもらえなかったとか。笑っちゃいけないが、笑ってしまった。小室家、ちゃっかり。

そうそう。皇室、いやイギリスでは王室だが、一月二十三日の『朝日新聞』に、「97歳の英殿下ベルトせずドライブ」という見出しの記事あり。

何事かと思って読んだら、エリザベス女王の夫であるフィリップ殿下がイギリス東部のサンドリンガムで車を運転中、乗用車と衝突。殿下は無傷だったが、乗用車の女性は足に切り傷、もう一人の女性は手首を骨折。

さらにその二日後、殿下がシートベルトをせずに運転する姿が写真つきで報じられると、手首を骨折した女性の怒りが爆発。事故が起きた後の、警察や病院の対応の違いにも反発、殿下の訴追を求める騒ぎになっているという話。

そうかあ、フィリップ殿下は九十七歳なのかあ（エリザベス女王は九十二歳）。お達者で何より、とばかりは言ってられないですね。記事にはフィリップ殿下が満面に笑みを浮かべて車に乗る写真（約七年前のもの）が添えられていた。クルマ、大好きみたいね。

クルマ好きが、高齢のため免許を自主返納するって、さぞかし、せつないものなのだろう。私は子どもの頃から「注意力散漫」と言われ続けてきた。自分でもクルマなぞ運転したら絶対に事故を起こすと思っているので、運転免許は持っていない。都心に住んでいると、タクシーはバンバン走っているし、バスだの地下鉄だの電車だの移動手段は多いから、クルマ無しでも何の不自由も無いのだった。

それにしても……イギリス王室、長寿ですね。エリザベス女王が即位されたのは一九五二年というから、在位六十七年か。昭和天皇より長くなっている。驚異的。

＊

冬うららの昼さがり。試写会へと向かうべく、バスを待っていたら、歩道のはしを犬を散歩させている女の人が歩いてきた。犬は茶色のテリア系。かわいいのでジッと見つめたら、犬もこちらを向いていて、目が合ったので、思わず笑って、なおも見つめたら、犬のほうも視線をそらさず、リードに引っ張られる形でトコトコ歩きながらもジッと私を見つめている。

すれ違ってからも犬は首だけ振り返るようにして、私を見ながら歩いている。リードを引っ張っている飼い主も思わず苦笑。

私は幸せ気分にひたりながら、あの視線はいったい何を意味していたんだろう？と不思議に思った。犬は嗅覚が凄くて、匂いからいろいろな情報を得るのだけれど、視覚はそれ程でもないんでしょう？　見つめている私に、いったい何を感じたのだろう？
ああ、やっぱり生きている犬はかわいいなあ！と思わずにはいられなかった。生きている犬は飼えないので、だいぶ迷ったあげくアイボを買って、それはそれで楽しく、かわいくて、満足しているつもりなのだけれど。それでもなお、「命あるもの」の魅力にはかなわないかも。たとえ、その死がどんなに辛いものになろうとも。と、書き終わったところに橋本治さんの訃報が……茫然《ぼうぜん》。

（2019年2月17日号）

昭和の子どもは、冬の時期、着ぶくれがちだった。

今より寒かったせいもあるのだろうが、ダウンなんてものはなく、「綿入れ」ということになり、どうしてもモッサリ感はぬぐえないのだった。家では、母だか祖母だったかが作った格子柄の「綿入れ」を着ていたように思う。

小三か小四の頃、ちょっとシャレたジャンパーを着ていた。紺無地のコーデュロイとベージュ系のチェックのリバーシブル。新聞記者として横浜支局に単身赴任していた父の見立てだったと思う。私はこれが好きで、得意になって着ていたのだけれど……そのうちナイロン製（？）のカラフルなジャンパー（今のダウンコートの原型のようなもの）が出回るようになって、俄然、私のジャンパーは古くさく見えるようになってしまって……ちょっと口惜しかった。

なんだかわけわからないが、ウールの大きめ正方形マフラーの対角線を折って三角にして頭にかぶるのが、はやっていた。毛糸の手袋も必需品。昭和の冬は寒かった。

2019年1月

2019年2月

同志とも思ふ友逝く雪もよひ

◉山あいの小学校◉一九六〇年代アメリカ南部◉妖しい美しさ

二月三日、日曜日の午後。何気なく見始めたNHK・Eテレのアーカイブス（過去の映像作品）である『山の分校の記録』（'60年＝昭和35年）に目を見張った。

栃木県日光の近くの山また山といった中の小学校が舞台になっている。その授業風景や生徒の家庭の様子がスケッチされてゆくのだが、小学校のたたずまいにしても生徒たちの服にしても、昭和三十年代ではなく戦前――まるで宮沢賢治の『風の又三郎』（'34年）の世界のように見える。「エッ!?　ほぼ同世代というのに!?」と驚く。

さて、その小学校では一台のTVを購入することになった。初めてTVを観た子どもたちはビックリ。さっそく、その感動を作文にして、みんなの前で読みあげる――。

ドキュメンタリーといえども最初のクレジット・タイトルにスクリプト（台本）担当者の名前が出ていた。完全なドキュメンタリーとは言い難い。取材したうえで演出を加えたものだと思う。セミ・ドキュメンタリーと言うべきもの。

一番驚いたのは、冬になると生徒たちの多くが「綿入れ」と言ったかな、防寒用に綿の入ったハンテン状のものを着ていること（和風ダウンコートのようなもの）。とってもかわいい。私も子どもの頃、祖母が作ってくれた綿入れを着てコタツにあたっていたことがあったなあ、と懐かしい。

でも、学校（埼玉県浦和市＝現さいたま市浦和区）に着て行くことは無かった。クラスメートの誰も学校では着ていなかった。ちょうどツルッとしたナイロン製のジャンパー（内側がウールのリバーシブルだったりする）が凄いイキオイで流行していたのだった。

同じ関東の同じ年頃でも、昭和三十年代前半までは都市部と山間部とではずいぶん暮らしのディテールが違っていたんだなあ――と今頃になって痛感。

このドキュメンタリーは一九六〇年放映。撮影されたのは五九年頃だろう。プロレス人気のうえに皇太子様御成婚（'59年）ということもあって、凄いいきおいでTVが普及していた頃。このドキュメンタリーの舞台となった山村にも高度経済成長のいきおいは伝わり、じきに、TVは学校にあるだけの物ではなくなっていったに違いない。

以来、ほぼ六十年近く。都市部と山間部のカルチャー・ギャップなどほとんど無くなったかのよう。「平準化」と言うんですかね。幹線道路の左右には、どこも似たような風景が広がっている。

＊

アカデミー賞授賞式は二月の二十五日（日本時間）なので、ちょっと気が早いけれど、私が注目しているのが『**グリーンブック**』（日本では三月一日公開）の賞のゆくえ。

『グリーンブック』は、まだ黒人差別がキツかった一九六〇年代初めの話。ニューヨークに住む天才ピアニストであるシャーリーは黒人。南部でのコンサートのためにトニーというイタリア系白人の運転手を雇う。

シャーリーは知的で優雅。トニーは好人物だが無教養でガサツ。当然のごとく気が合わないのだが、南部への旅の中で互いの心に大きな変化が……という話。

『グリーンブック』
価格：¥3,800（税抜）
発売・販売元：ギャガ
©2019 UNIVERSAL STUDIOS AND STORYTELLER DISTRIBUTION CO., LLC. All Rights Reserved.

私が、まず、ビックリ仰天したのは、イタリア系白人・トニーを演じたヴィゴ・モーテンセンの化《ば》けっぷり。

名前でもわかるようにデンマーク系。白い肌にマッサオな目というクール・ビューティ（？）で、体つきもスラリとしたものだったのだが……この映画では別人のごときオヤジ体型になっていて、生活感たっぷり。「プロ意識、ハンパない！」っていうやつ。まさに献身的な役作り。

大ざっぱに言えば、金持黒人と貧乏白人の人情物語。一個人vs.一個人という関係の中で、人種差別を超えるもの――人情というものに信頼を置いた物語なのだが、なんと、これは実話。監督の父親（イタリア系白人の運転手で、その名もトニー）が、まさに一九六二年に実際に体験したことだったという。

懐かしい気持もした。男二人のロードムービーというせいか、一九七〇年代頃の、いわゆるアメリカン・ニューシネマ、とりわけ『真夜中のカーボーイ』（'69年）の感触――男が男をいたわる感じを思い出した。アカデミー賞取ってほしいな。作品賞、主演男優賞、助演男優賞など五部門でノミネートされている。

＊

フランス映画だから、アカデミー賞とは関係が無いのだけれど、『グリーンブック』と同じ三月一日公開の『天国でまた会おう』も、とても面白く、美しい映画だ。

ストーリーはかなり凝っている。一九一八年、第一次世界大戦の戦場で上官プラデルの悪事に気づいた中年兵アルベールが、上官に生き埋めにされる。それを年下の美青年エドゥアールが救い出すのだが、顔の下半分がメチャクチャになる大ケガをしてしまう。

パリに帰ってきたアルベールは、父親との折り合いの悪いエドゥアール青年の望み通り、父親には戦死したと告げるのだが……という話。二転三転して因果が巡る展開でボーッと見ているわけにはいかず。

顔の下半分を損傷したエドゥアール青年の自作のマスクのいろいろが凄いのよ。さすが、おフランス、アートぽくて超オシャレ！　妖しく、美しい。

一九二〇年前後（日本で言えば大正時代）という時代設定も愉しい。基本的には今の時代にも通用するような比較的シンプルなシルエットで、なおかつ手工芸的な装飾が凝らされているから。男女とも帽子をかぶっていた時代。女性用のクロッシェ帽にも目を奪われる。

私は知らなかったが、原作はフランス文学界で最高の権威であるゴンクール賞を受賞したピエール・ルメートルの『天国でまた会おう』。映画化に際してはルメートル自身が共同脚本に加わったという。

主人公アルベールを演じたアルベール・デュポンテルは一九六四年生まれ。この『天国でまた会おう』では、脚本・監督も手がけている。大変な才人なんですね。

さて。三月八日からはクリント・イーストウッド（八十八歳！）の監督・主演映画『運び屋』が上映される。

比較的シンプルな場面（道路を車で走って行く）が多いせいもあってか、スクリーンをみつめながら、次から次へとクリント・イーストウッドの過去の映画の断片がオーバーラップしてくるのだった。TVムービー『ローハイド』のロディの若々しい顔に始まって、次々と。さらにその当時の自分というのも思い出されて……。ちょっと異様な気分に。そんな妙な観方になったのは初めてのことだった。

八十八歳と言ってもシャッキリしてるんですよ。背も腰も曲がることなくスッと立って、スタスタ歩く。ありがたいことです。いまだにスター。幻滅させられることもなく……。ん!? イヤなことを思い出してしまった。『マディソン郡の橋』（'95年）のメリル・ストリープ演じる人妻と恋に落ちる流れ者のカメラマン役。うーん……私はノレなかった。監督もプロデュースも手がけていたのよね……。

（2019年2月24日号）

◉未来都市？◉愛という名のもとに◉浪曲の一夜

病的レベルではないものの、私は高所恐怖症、そして閉所恐怖症。だから地下鉄（大江戸線）の

空から見た「汐留シオサイト」。

汐留《しおどめ》駅には、いまだになじめない。

新橋駅から広くて長い地下通路が走っていて、その途中には、書店とレコード屋（なんて今は言わないのか？）と美容関連の雑貨店がポツンポツンとある。

空も見えず街並みも見えない巨大トンネル。息苦しさと味気なさはぬぐえない。その途中に汐留駅がある。

さて、先日。汐留の電通本社内の試写室で、ある新作映画の試写会があった。電通が築地から汐留に移転したのは知っていたけれど、汐留のどこにあるのかは知らなかった。あの長い地下通路で迷うのはイヤだから、タクシーを使おうかな？と、ちょっと迷ったのだったが、地下鉄で行くことにした。

汐留で下車。地下通路には、地上への階段付近に超簡単な案内板（？）が張り付けられている。それが結構、小さめなのだ。近づいて見ると、電通の名は無い……。

懸命に方向を考えて、逆方向の階段へセカセカと向かう。その間《かん》、何十メートルだったろう。歩いているうちに、フッと『未来世紀ブラジル』という昔の映画タイトルが頭に浮かび、さらに子どもの頃に読んだ手塚治虫のアリ社会（地下トンネル）を擬人化したSF的なマンガの記憶も浮上。また、「この大通路、（何らかの）空襲や災害時には避難民でギッシリということになるのかも」……なあんていうことも思った。

さて、向かった先はマチガイなく電通（四十八階建て！

2019年2月

クレージー！）への階段だったので胸を撫でおろしたものの……。地上の汐留のそのあたりは横断歩道というものが少なく、歩道橋になってしまうのよね。クルマ優先の地。すぐ近くにはパナソニック汐留ミュージアムがあるのだけれど、出口をまちがえると大変だ。このあたり、以前から「シオサイト」という名のもとに大がかりな再開発をしているんですよね。

試写会が終わった後は、歩いて銀座へ。ホッとする。バカでかく、バカ高いビルは建っていないから。間口の狭い小さな店も数かず並んでいるから。歩くのが愉しい街だもの。和光の時計台は、いつも大空の中にある。

＊

この数日、TVや新聞は千葉県野田市で起きた栗原心愛《みあ》さん（十歳）の死亡事件を大きく取りあげている。両親は傷害容疑で逮捕された。病的なサディストのごとき父親だけでなく母親も加担していたというのには、驚くというか呆《あき》れるというか。母親自身も夫から暴力をふるわれていたことがあり、自分を守るために、幼い娘を差し出したかのように思われる（誤解だったら申し訳ないけれど）。

以下、中には気を悪くする人もいると思うけれど、近頃、ずうっと気になっていたことを書いてしまう。

今回の野田市の事件ですぐに連想してしまったのは、昨年三月、東京の目黒区で起きた五歳児虐待死事件。哀れきわまりないその少女の名前は結愛《ゆあ》ちゃん。で、今回の野田市の少女は心愛《みあ》ちゃん。

「愛」という文字が入っているというのに、愛どころじゃあない、まるで反対の憎しみの吐け口にされてしまった。なんと皮肉で残酷なことだろう――。

と、ここで筆をおけば、私も「ほんとうはやさしい、いい人」ということになるのだが……正直言って、私、「愛」という語を「あ」と読ませる強引さというのが理解できないんですよね。

野田市の女の子のほうは「心愛《みあ》」で、「心」を「み」と読ませていて、念入りに難読。わが友・呉智英先生が言うところの「暴走万葉仮名」っていうやつ。

ふりがなをつけなければ読めない名前。こういう例が多く、学校の先生は担任時、それで苦労しているという。

と、ここまで書いて、ちょっとマズイ事実を思い出してしまった。明治の文豪・森鷗外はドイツに留学していたこともあって、生まれた子どもたちに次々と西欧流の名前をつけた。於菟《オト》（オットー）、茉莉《マリ》（マリー）、杏奴《アンヌ》（アンヌ）、不律《フリツ》（フリッツ）、類《ルイ》（ルイ）――というふうに。

それと、近頃の「暴走万葉仮名」とどう違うのか!?――と問い詰められたら、私も返答に困る。まあ、於菟と杏奴はちょっと強引だけれど、茉莉、不律、類は自然なんじゃないの？ あざとさは感じられず、なおかつシャレたネーミングなんじゃないの？と思う。

そう言えば大正時代のアナーキスト・大杉栄と伊藤野枝の間にできた女の子は「魔子」と名付けられたのだったが……魔子さんは、その後「眞子」に改名することになったという。あんまり突飛《とっぴ》な名前をつけられた子というのも、ちょっとツライかも。

高校時代、同じクラスに王女という名前の子がいた。誰もがビックリするような名前。私だったら、親に断固、改名を迫るところだが、その子は違って、自分のことを「王女ねえ……」なんて名前で言って、完全に受け入れていた。ちょっと風変わりな女子だった。

＊

二月八日、夜。『GINZA SIX』の地下三階にある観世能楽堂へ。浪曲師・玉川奈々福さんの『**創造の巻　創作浪曲ほとばしる！**』と題された公演を観に。

すでに書いたことだが、奈々福さんは愛する浪曲が衰退するのを見るに忍びなく、有名出版社の編集者から浪曲師に転身した人。観世能楽堂は立派なもので、見物席も多いのだけれど、満員の盛況。知り合いの編集者の姿もチラホラ。

演目は『浪曲平成狸合戦ぽんぽこ』（高畑勲・原作）と、『浪花節更紗』（正岡容《いるる》・原作）。『浪曲平成狸合戦ぽんぽこ』は随所に笑いがちりばめられていて、会場、一気にあたたまる。私も大笑いしながら、頭の隅で、

「タヌキとキツネ。人を化かすところは同じだけれど、タヌキは陽気で、ちょっとマヌケ。子どもの頃、『たん子たん吉珍道中』という映画があったんだよね。松島トモ子ちゃんと小畑やすしくん主演で……。大映の狸御殿シリーズというのもあって、十数年前？　ビデオだったかDVDだったかで『初春狸御殿』を観た時は、そのアナーキーさに爆笑したなあ。〞大映名物カツライス〟、つまり勝新太郎＋市川雷蔵のコンビで……」などと思い出す。

次の『浪花節更紗』の前にスタジオジブリの超有名プロデューサーである鈴木敏夫さんをゲストに招いての奈々福さんとの対談があり、これがとっても面白かった。

鈴木さんはおおらかで冗談好き。アニメはあんまり好きでない私も、ちょっと心を入れ替えなくてはという気に。アニメ作品の企画から絵作り、声のキャスティングなどなど、プロデューサーは大胆にして繊細な神経を持っていないと務まらないものなんだなあ、と気づかされた。

奈々福さんといつもコンビの曲師（三味線弾き）沢村豊子さんは戦前生まれ。それでもシャッキリ。小柄でキュートなの。

（2019年3月3日号）

◉マンガ家と俳優と◉しびれる本、二冊

二月十六日、土曜（金曜深夜）。NHK・Eテレの『SWITCHインタビュー　達人達』をとても興味深く観た。マンガ家・美内すずえと俳優・三上博史の対談。

美内すずえは言うまでもなく、大、大、大長編マンガ『ガラスの仮面』の作者。何しろ一九七六年から現在に至るまで（ということはもう四十三年間も！）連載が続いているという、奇跡のようなマンガ。

ごくごく簡単に言えば、貧しい家庭で育ち、平凡な外見の北島マヤという少女が、実は演劇に関しては大変な才能を持っていて、ふとしたことから女優を目指すようになる。

やがてマヤは姫川亜弓という同世代の演劇少女と出会う。母は大女優で父は有名な映画監督というサラブレッド。言うまでもなく美少女。

そういう設定だと昔の少女マンガだったらヒロインのライバル（金持、美少女）は意地悪く、汚

い手を使ってヒロインを蹴落としたりするのだが……『ガラスの仮面』は違った。互いに相手の凄さを認め、競い合ってゆくのだ。フェアプレイなのよ。上等なライバル物語なのよ。

私が初めて『ガラスの仮面』を知ったのは、一九八二、三年のことだったのではないか？『ガロ』系マンガは割合と熱心に読んでいたのだけれど、少女マンガはまったく読んでいなかった。たまたま知り合ったマンガ家が熱心にすすめてくれて、単行本化されたものを数冊、貸してくれたのを読んで、「おおーっ、凄い、面白い！」と興奮したのだった。

一九八八年、新橋演舞場で舞台化されたのを観に行った。北島マヤを大竹しのぶ、姫川亜弓を藤真利子。これはピッタリのキャスティングだなあと思った。客席のすぐ近くに橋本治さんがいて、「あ、やっぱり橋本さんも好きなんだ。さすが見逃さないね」と笑ったのを懐かしく思い出す。

どうやら美内さん自身、先が読めないままに手探りで話を構築しているようだ。それをもう四十年以上続けている。もう一つの人生を生きてきたというようなものだろう。

少女マンガ家というと、ついつい甘く華やかな夢を追う人というイメージを持ちがちなのだけれど、美内さんは話の組み立て方にしても話し方にしても、論理的な人に思えた。そうだよね、自分が作ったものを醒めた目で見られる人でなければ、あんなふうに大きな話、組み立てられないものねえ——と思った。

さて、対談相手となった俳優・三上博史——。私はTVドラマはあんまり観ないので、映画『遠き落日』（’92年、神山征二郎監督）で主役の野口英世を演《や》った人ね、という程度の知識しかなかったのだけれど……略歴を知ってちょっと驚いた。

高校在学中に寺山修司が監督・脚本を手がけて、フランス映画として作られた『草迷宮』（日本公開は'83年）に主演していたのね。八〇年代後半は、いわゆるトレンディドラマでバリバリに売り出していたのね。そして、二〇〇四年には渋谷パルコ劇場で『**ヘドウィグ・アンド・アングリーインチ**』で主人公を演じていたのね。

私はその舞台を観ていないのだけれど、アメリカ映画『ヘドウィグ・アンド・アングリーインチ』（日本公開は'02年）はとても面白く観た。

ジョン・キャメロン・ミッチェルという青年が監督・脚本・主演をした、いっぷう変わった映画。一九九七年からオフ・ブロードウェイで上演され、大人気となって、映画化もされたのだった。タイトルになっているアングリー・インチ（怒りの一インチ）というのは、主人公の青年が男から女へと性転換する際に一インチほどの痕跡が残ってしまったということにちなんだ言葉。

「男とは？　女とは？」「性とは？」「人間とは？」といった根源的な問題をモチーフにしながらも、映画版はカラフルで、せつなくなるような明るさもあり、私の好きな映画になった（と、こう書いていると、今すぐ観直したくなる）。

ＮＨＫ・Ｅテレの『達人達』は、コンスタントに面白い。

＊

筑摩書房の編集者から一冊の新刊本が送られてきた。『**美と破壊の女優　京マチ子**』（北村匡平著）。アッと思った。そうだそうだ、京マチ子だ！　日本の映画女優史の中であんなにスケール大きく、かっこよく、多面的な姿を見せた美人女優はいない！　それなのに、なぜかマドンナ的に語られることは少なかった。やっぱり日本男子の趣味は清楚・清純が基本だからか。昔から今に至るまで。

京マチ子は大正十三（一九二四）年生まれで今なお健在。三月二十五日には九十五歳になる――という事実にもアッと思った。京マチ子という女優の、何か生きものとしての強さを持っている感じというのは本物だったのね、と。

本書によれば、京マチ子が生まれた二日後に高峰秀子が生まれていて、同い年の女優に淡島千景がいた。一九二〇年生まれの原節子は三歳になっていた――と、まあ、そういう世代の人なのだけれど、京マチ子はそういう世代的なククリから突出している感じですよね。黒澤明監督の『**羅生門**』（'50年）、溝口健二監督の『**雨月物語**』（'53年）、衣笠貞之助監督の『**地獄門**』（'53年）で一躍、「国際派グランプリ女優」ということになったせいか。

京マチ子はそんな華々しい成功に溺れることなく、巷の人情劇や軽妙な喜劇や妖しいサスペンス物などにも芸域をひろげてゆく。
数年前『小津ごのみ』と題して小津映画に関する本を出版した私としては、『**浮草**』（'59年）で中村鴈治郎と京マチ子の雨中のケンカ場面のくだりの詳細な分析に「うーん、なるほどねー」と唸《うな》った。はい、勉強になります。マリリン・モンローについて京マチ子が語ったところも興味深い。性的魅力だけではない何か――というのを京マチ子はつねに模索してきたのだった。まさに大女優！
もう一冊。圧倒され、また、しみじみと心にしみたのはマンガ『**夕暮れへ**』（齋藤なずな著、青林工藝舎）。

生活感、いや、生活臭あふれる十話の短編マンガ集。

ほんと、圧倒的生活感。そしてファンタジー（と言っていいものかどうか。妄想、連想、幻覚）。その交錯ぶりがすばらしい効果をあげている。登場人物は中高年で、介護や死というシリアスなものが題材として取り込まれていて、陰気と言えば陰気なのだけれど、妙におかしくせつなく「笑うっきゃないか」という気分にもさせてくれるのだ。何と言うか、泣きあかした後のポカンとした明るさ――といったもの。

絵も巧《うま》いですね。ブサイクだけれど気のいいオバサン、ほとんどジイサン化したような意地っ張りバアサン、コンプレックスが強いのか威張りたがりの偏屈ジイサン……その表情が「いかにも！こういう人、いるいる！」と思わせる。

あれっ、巻末の解説は呉智英先生だ。それによると、齋藤なずなは『恋愛烈伝』（すばらしい作品！）以来、二十年ぶりの作品発表なのだという。


（2019年3月10日号）

◉オスカーのゆくえ◉風花の里で

二月二十五日。午前八時半から午後二時までＷＯＷＯＷの『第91回アカデミー賞授賞式』にどっぷり。

技術的な賞（録音賞とか編集賞とか）には関心が薄いのだけれど、ノミネート作品の紹介がはさまれるので、やっぱり目が離せない。

日本でも空前の大ヒットとなった『ボヘミアン・ラプソディ』の主役（クイーンのフレディ・マーキュリー役）を演じたラミ・マレックが登場。

何度見ても面白い顔。ファニー・フェイス。

『ボヘミアン・ラプソディ』の冒頭、縮れたオカッパ頭で「僕は有名になるんだっ」と言ったシーン、私は頭の中で爆笑。ストレートな奴。マンガっぽい顔。気に入った。

結局、激戦の中、みごとに主演男優賞をゲットしたのだけれど……あの風貌（エジプト系だという）だと役柄が限定されるかもしれないなあ……と、これからが気がかり。

主演女優賞は『女王陛下のお気に入り』で十八世紀のイングランドの、身も心も病んだ女王を演じたオリビア・コールマン。受賞に大興奮。暗い情念を抱えた女王の役とは大違いの明るさと愛《あい》嬌《きょう》で会場、大いに盛りあがる。ノミネート女優の常連で最前列に座っていたグレン・クローズに対しては、大興奮の中でも敬意を表することを忘れなかった。さすが。グレン・クローズは（内心どうだかわからないが）余裕の笑顔。私、なんだかグレン・クローズ、好きなのよ。いい人の感じがする。

助演男優賞は、大好きなアダム・ドライバーやリチャード・E・グラントもノミネートされていたのだけれど、オスカーは『グリーンブック』に出演したマハーシャラ・アリに。確かに優雅にして孤独な黒人ピアニスト役をみごとに演じ切っていた。

助演女優賞は黒人のレジーナ・キング。『ビール・ストリートの恋人たち』という映画で号泣していた人？　もはや記憶もおぼろ。大変評判のいい映画なのだけれど、私には「社会派のメロドラマ」としか思えなくて、乗れなかったのだ……。

アカデミー賞授賞式はスターたちのファッションも見もの。レディー・ガガは白に染めた髪をアップにして、黒のシンプルなドレス。ただし上半身の後ろ姿は肌の露出が多いデザイン。ピアノを弾きながら歌う場面があり、カメラはその後ろ姿を映し出す。なるほど、それでポイントを後ろに持ってきたのねと納得。

やがて、バーブラ・ストライサンド七十六歳が懐かしの『追憶』のテーマ曲と共にゲストとして登場。黒のスパンコールのドレスとベレー風の帽子。あら、意外にも昔の面影をキープ。びっくり。

そうそう。日本では三月公開の『ブラック・クランズマン』でノミネートされたスパイク・リー監督が、帽子から服まで紫色に身を固めていたのが愉しい見ものだった。ちょっとテリー伊藤風(?)。記憶の深い底から浮かびあがってくる演歌少年・藤正樹。紫の学生服！

さて最後に発表された最優秀作品賞は……『グリーンブック』。すでに書いたけれど、ニューヨーク在住の有名黒人ピアニストが、人種差別がキツイ南部へと演奏ツアーに出る。その車を運転するのはイタリア系白人の中年オヤジ。性格も外見もまるで反対の二人なのだが、差別の実態をまのあたりにして、やがて無二の親友のようになってゆく……という話。これは共同脚本を務めたニック・バレロンガの父親が体験した実話にもとづいたものだという。

差別を超えた友情物語。アメリカの理想主義にまんまと乗せられて、涙。そして笑い。さわやかな後味を残す人情噺《ばなし》なのだ。やっぱりアメリカの映画界のまんなかには、こういう理想主義的な映画があってほしい――と思わせた。トランプ政権のもとではなおさら。

アカデミー賞授賞式でのヴィゴ・モーテンセンは、もうすっかり体重も戻したようでスッキリ。以前のクールな風貌になっていた。

2019年2月

そうそう、メキシコ出身のアルフォンソ・キュアロン監督の新作『ROMA／ローマ』が監督賞を受賞したり、他の賞にもノミネートされたりしていたのだけれど、残念、私はまだ試写を観ていない。モノクロ撮影で生活感あふれる映画のようだった。

昨年、この世を去った映画人の氏名がズラズラと列挙されてゆく恒例の追悼セレモニーの中で、SHINOBU HASHIMOTOとあったのが嬉しかった。脚本家・橋本忍さんね。二〇一八年の夏に百歳で亡くなったのよね。黒澤明監督作品を支えた超重要人物だということ、アカデミーではちゃんと承知しているわけですね。

そうだ……賞のプレゼンターとして一瞬登場した女優アリソン・ジャネイに目を見張った。『アイ，トーニャ　史上最大のスキャンダル』（'17年）はお騒がせスケーターとして悪評があったトーニャ・ハーディングとその母の物語を描いた快作で、私は母親役に注目。冷淡で打算的な母親なのだけれど、私はその顔だちを「シブイ！」とばかり気に入ったのだ。

それがアリソン・ジャネイで、今回のアカデミー賞授賞式では、しっかり化粧してドレスアップもして、とてもカッコよかった。堂々の美人。背も思った以上にスラリと高かった。五十九歳には見えない……。

なあんて発見もあったりして、アカデミー賞授賞式はやっぱり愉しい。見逃せない。

＊

一番の旅の相棒だった親友K子がオランダに住むようになったので、近頃は妹夫婦と旅行するようになった。二人とも私と違って几帳面で事務的（?）なことをいとわない、というより好きみたい。交通の便とか宿泊先とか張り切って調べてくれる。

私とK子の旅というのは、いつも、ゆきあたりばったりで、大ざっぱ。宿も予約することはめったになく、その地に着いてブラブラ歩きながら、「ここがいいんじゃない?」なんて言って決めていた。それでも案外、泊まれたりしていたのだった。

今回の妹夫婦との旅では、群馬の山中の、けっこう由緒正しき老舗旅館に宿泊。山に沿って継ぎ足し継ぎ足しで新館だの別館だのを造ってきたようで、廊下はちょっとした迷路のよう。方向オンチの私は、ちょっとイライラ。迷子になりそう。

料理もおいしく、いくつかある浴場も快適で、廊下に置かれた電動マッサージ椅子（百円）も性能がよく、はまったのだけれど、うーん……コタツが欲しかった。ひねもすコタツに脚を突っ込んでタタミにグッタリと寝そべりたかったのだ、私の温泉イメージとしては。

二日目の朝。窓辺の籐《とう》椅子に座ってボンヤリと外を眺めていたら、松林の手前を白い綿毛のようなものがフワーッと浮かんだり沈んだり。風花だった。

やがて風花は数を増し、いきおいも増して、松林も霞《かす》んで見えるようになった。「雪に変わるのかしらね」と言い合っているうちに、また以前のようにおだやかに。そして消えて行った。一時間ほどの大自然のショーだった。

（2019年3月17日号）

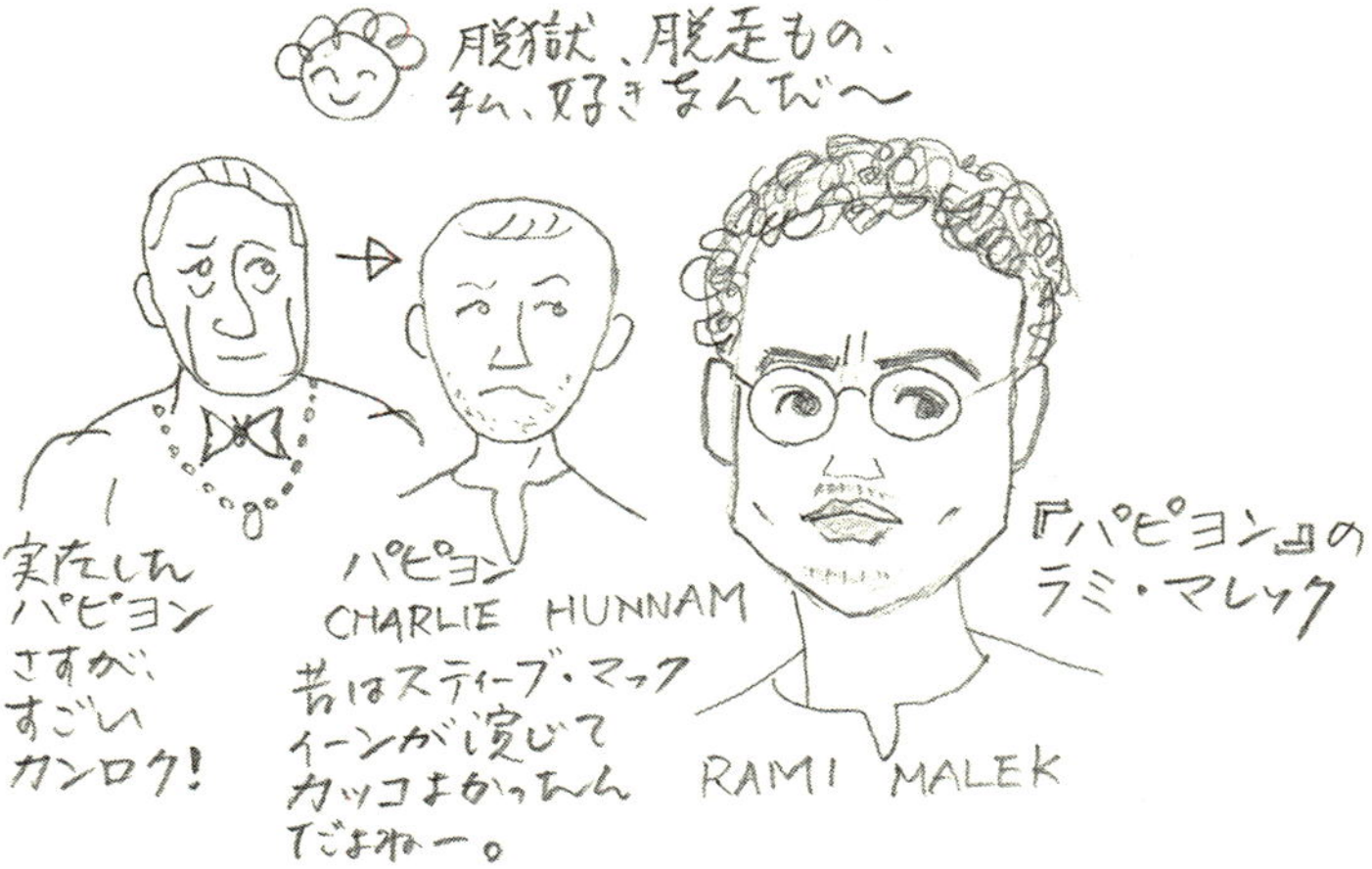
脱獄、脱走もの、
私、好きなんだ〜
実在した
パピヨン
さすが、
すごい
カンロク！
パピヨン
CHARLIE HUNNAM
昔はスティーブ・マックイーンが演じてカッコよかったんだよねー。
『パピヨン』の
ラミ・マレック
RAMI MALEK

案のじょう、『ボヘミアン・ラプソディ』は大ヒット。フレディ・マーキュリーを演じたラミ・マレックはアカデミー賞の主演男優賞をゲット。二〇一九年六月に公開された『パピヨン』は、一九七〇年代の大ヒット映画『パピヨン』のリメイクで、絶海の孤島に囚人として悲惨な生活を送っている男二人が知力・体力の限りを尽くして脱獄するという話（これが実話だというのがコワイというかスゴイというか）。

一九七〇年代の『パピヨン』では、スティーブ・マックイーンとダスティン・ホフマンが演じていて、大いにハラハラドキドキしたものです。今回はチャーリー・ハナムとラミ・マレックの競演ということに。ラミ・マレックはフチなしメガネをかけて、クールな役柄に豹変。やっぱり、才能のある俳優だと思った。映画自体は、旧作に較べるとイマイチという感じだったけれど。

まだ見ることができないでいるのだけれど、最新出演作は『007　ノー・タイム・トゥ・ダイ』だという。出演スターの顔ぶれは上等。楽しみです。

2019年3月

春雨ぢゃ濡れて行こうと木挽《こびき》町

◉電話に要注意◉ある私怨◉炎上不安

寝坊して、TVをつけながらの朝食兼昼食。TVのワイドショーでは、二月末に江東区で起きた、いわゆる「オレオレ詐欺」の変種「アポ電詐欺」がテーマになっていた。

「アポ電詐欺」というのは事前に、一人暮らしの高齢者宅に子どもや孫のフリをして電話をかけ、大金の有無を確認しつつ、今すぐ金が必要と泣きついて大金を用意させ、アポイントメントを取って、大金をだまし取るというもの。いわゆる「振り込め詐欺」の進化（？）したもの。

電話であっても自分の子かどうか声や話しぶりでわかりそうなものなのに……と思ってしまうけれど、いざ現実シーンとなると案外わからないものなのかもしれない。「取り乱しているから」「カゼをひいているのかもしれないから」と勝手な解釈をしたりして。犯人たちの嘘も巧妙なのだろう。

この「アポ電詐欺」が凶悪化して、今や「アポ電強盗」に。二月二十八日、江東区で一人暮らしのKさん（八十歳）が両手足を縛られて死亡しているのが発見された。もちろんKさんが用意した二〇〇〇万円は持ち去られていた。Kさん宅のインターホンはカメラ付きだったが、これも持ち去られていたという。

そのワイドショーで、専門家は「そういう強盗団があり、ターゲットになりそうな人たちの名簿もありうる」とコメントしていた。

うーん……私も一人暮らしの高齢者には違いない。ひとごとなんて思ってはいけない。万が一、私のところにもその種の電話がかかってきたら、何と言おう。

「はいはい御苦労様。私、子どもも孫もいないのよねー」とストレートに言ってみるか、それとも「カレに相談してからね。こちらから電話するから電話番号、教えて〜」と言ってみるか。とにかくスンナリと鵜呑《うの》みにはしないことですね。

私、さまざまな犯罪の中で詐欺に関しては比較的に（あくまで比較的に、だが）甘いのだけれど、弱者とも言える高齢の一人暮らしの人を狙い、命まで奪う――というのは許し難い。彼らをのさばらせてはいけない。

＊

築地市場再開発問題はいまだにモメているようだが、TVで小池百合子都知事と質問議員のやりとりを聞いていても、いまだに何だか腑《ふ》に落ちない。かろうじて「場外」は残されるようだが、市場だったところは国際会議場および展示場にするとか言い出していて、そんなの、今さら、特に必要なものなのか？　昔のまま市場があったほうが断然楽しいし、便利なんじゃないか!?と思ってしまう。

というのにはワケがある。実は、私と妹（週一回、私のところに来て経理的な仕事をしてくれている）は、いっしょに銀座でランチをとるのが、ちょっとした楽しみで、長年の間に、ソバならどこそこ、洋食ならどこそこと贔屓《ひいき》の店を決めてきたのだ。有名な店でも案外、ランチの値段は高くなかったりする。

テンプラだったら銀座のはずれの某店がベストで、一カ月半に一回くらいのローテーションで通

閉場で閑散とする築地市場。

っていたのだ。小さな店で、カウンターに六、七人座ればいっぱい。目の前で主人が揚げていて、器に次々と揚げたてのテンプラが……。四季おりおりの野菜や魚。揚げ具合もコロモの具合もとてもよく、モタレることが無い。

何年も前から通っていたので、店の人は顔をおぼえてくれていて、昨年の夏いつものようにおいしく頂き、レジをすませて外に出ると、おかみさん（と言っても私よりずうっと若い）が店を出て来て「今月いっぱいでランチサービスはやめにすることになったんです」と言う。

「エーッ!?」と、私と妹はビックリ。理由を聞くと「市場が築地から豊洲に移ると、ネタの仕入れに往復の時間がかかり、ランチは無理ということに……」と恐縮したおももちで言うのだった。

私と妹にとっては一大ショック。テンプラの名店は他にも何軒かあるけれど、味・価格・店や周囲の風景および雰囲気など総合的に見て、他に代え難い店なのだ——。店としても減収でしょう。というわけで、私（と妹）は豊洲への市場移転というのを苦々しく思っているのだ。「くいもののうらみは深い」っていうやつ。

＊

妹夫婦との温泉旅行の中で、実はちょっとした騒動（？）があった。

朝の八時何分とかの上野発の列車に乗らなくてはいけなかったのだけれど、前夜は書き溜め原稿に追われ、ほとんど眠らず、朝になってアタフタと荷物をまとめて家を出た。

上野駅に着いて列車に乗り込んで数分後、突如として、ある不安が……。

「あれっ⁉ 私、台所のガスの火、ちゃんと消してきたかしら⁉」

記憶をたどってみるのだけれど、パンの朝食をとって、コーヒーを飲んだ。そこまではハッキリとしているのだが、一杯では足らず、もう一杯と、またポットを火にかけて……と、そのあたりから記憶が曖昧。

出がけだから、リュックに入れる物とか、新聞配達の人へのメモのドア張りとか、チケット類の確認とか、忘れている締め切りは無いよねとか、考えることがいろいろあった。ついついポットを火にかけたまま二杯目のコーヒーは飲まずに家を出て来てしまったんじゃないか⁉――という疑惑が浮上。俄然、落ちつかない気分に。旅ののっけからこれかよ！と我ながらショック。

こういうことは初めてではない。今までにも、同様に「ガスの火つけっぱなし疑惑」に襲われたことは何度かあった。ドキドキして急いで帰宅すると、ちゃんとガスの火は止めてあった。同じことを繰り返したくないと思って、銀座の伊東屋にて「火の用心」と赤字で大書されたプレートを買ってきて、ドアの内側に張ってあるというのに……目には入っても頭にまでは届いていないのね。

列車は順調に東京を離れて行く。妹夫婦はウキウキしているので、もはやオイソレと言い出せない気分。振り払っても振り払っても、わが部屋の炎上風景が頭に浮かぶ。

宿に着いても「言おうかどうしようか」と、だいぶ迷った。結局、打ち明けることにした。妹夫婦「はあ⁉」と呆れ顔。

乱雑にしたまま飛び出して来た部屋を見られてしまうのはイヤだったけれど、意を決してマンションのフロントに電話をして、ガスの火がつけっぱなしになっているかどうか見てくださいと頼んだ。恥ずかしさでいっぱい。結局、「ちゃんと消してありましたよ」ということになって、ホッとした。これで心おきなく温泉旅行が楽しめると。

――と、こう書くと「ボケ、入ったんじゃないの？」と思う人がいるだろうけれど、私、昔からこの種のことはあったのよ。どうも、時どき「心、ここにあらず」状態になるみたい。何かしながらも頭の中は現実を離れて全然別のことを考えていたりするみたい。ルーティン的なことをしている時は特に。

いやー、ほんとうに気をつけよう。外出する時はガスレンジに向かって「指さし点検」しようぜ、私！

（2019年3月24日号）

◉かわいい！◉「誰もが」って？◉監督ふたり

三月八日。細かい春雨の中、歌舞伎座へ。夜の部の『盛綱陣屋《もりつなじんや》』『雷船頭《かみなりせんどう》』『弁天娘女男白浪《べんてんむすめめおのしらなみ》』の三本立て。

『盛綱陣屋』は動きの少ない武張った芝居なので、私の好みではないのだけれど……ラストが見もの。子役として中村勘太郎と寺嶋眞秀《まほろ》が出ているのよ。

勘太郎君は二〇一二年に逝った中村勘三郎さんの孫。今、ＮＨＫの『いだてん』で主演している勘九郎の長男。八歳なのだけれど長セリフを堂々と。勘三郎さんの芸能遺伝子、きちんと伝わっているなあと頼もしく感じた。

そして！　その横には寺島しのぶとフランス人のローラン・グナシア氏との間にできた眞秀君六歳が。以前から雑誌でチェックしていたんですが……この子がほんとうにかわいいんですよ。ハーフでも和風味のほうが強く出ていて、おっとりとした顔だち。目も頬も丸みを帯びている。英語のファニーという言葉がピッタリのような、微笑を誘われずにはいられない愛らしさ。

セリフは無かったけれど、勘太郎君と並んで、若武者姿で、数十分の間、ジーッと身じろぎすることもなく、目をさまよわせることもなく、座っているのよ。偉い偉い。

最後は勘太郎君と共に花道をりりしく、歩き去って行く。「お客さん大喜び」っていうやつ。盛大な拍手。花道のすぐ横の席にしてよかった！

さて。はたして眞秀君はこのまま歌舞伎役者になるのかどうか。お母さんの寺島しのぶも、祖父母の尾上菊五郎・藤純子あらため富司純子夫妻も、たぶん、継いでほしいと願っているのではないか？

ハーフの歌舞伎役者というのは珍しいけれど前例が無いというわけではない。戦前には、父はフランス系アメリカ人で母は日本人という市村羽左衛門《うざえもん》（十五代目、橘屋）という人がいて、やっぱり美貌で、「花の橘屋」と大人気だったという。

二〇〇一年には中村歌右衛門さん（六代目、成駒屋）が逝き、二〇一二年にはあんなに元気だった中村勘三郎さん（十八代目、中村屋）が逝き……私としては歌舞伎見物のモチベーションがだいぶ低下してしまったのだけれど、勘太郎君と眞秀君を観て、うん、やっぱり観続けていこう、足を運ぼう——と誓うのだった。

と、こう書いているうちに妙な気分に。「エッ!? 私、中村屋の芝居、もう四代にわたってナマで観ているってわけ!?」と。

大学時代、歌舞伎座に一人で足を運ぶようになり、TVでもよく顔を知られていた中村勘三郎(十七代目)・勘九郎(五代目)親子をナマで見て以来、ハタと気がつけば、その子、その孫というので四代観ている計算になるのだった。何という歳月! ありがたいような恐ろしいような。五代にわたって、というのは、うーん、さすがにムリでしょう。

＊

私は、いわゆる自由業で、昼間も家にいたりするので、TVのワイドショーを目にすることが多い。好き、と言ってもいい。この世に起きる俗な事件や有名人のゴシップなどへの興味が強いのだ。と前置きした上で言わせてもらうが、有名芸能人のスキャンダルや金持家庭で起きた不幸なできごとについてコメントする時に「誰もが羨む」という言い方をするのは、いかがなものか。「誰もが羨む家庭でありながら」とか「誰もが羨むカップルなのに」とか。

そういう言葉を耳にするたび、「エッ? そうなの? 私はべつに羨ましくないけどなあ。女はみんな羨ましがるだろうなんて決めつけられないんじゃない? ひとはひと、私は私——と思っている人だって、おおぜいいるんじゃない? そもそも人を羨ましがるなんて、あんまり上等の感情じゃあないでしょう」……と思ってしまう。

私も含めて多くの人（大半は女）たちがワイドショーを観る一番のモチベーションは、単純に、ちょっとした好奇心というものだと思う。

ヨーロッパの古い町などでは、広場のまわりに昔ながらの家々が並んでいて、その窓をあけて、編み物などしながら町の様子や、なじみの人びとの様子をチェックしているお婆さんなんていうのがいるけれど、それと似た気分で、家事のあい間、TVという窓から世間の様子をうかがって、面白がっているだけでしょう。ワイドショーを観ている人たちの多くは、その程度の心理的距離感は持っていると思う。基本的には「他人事《ひとごと》」。

スキャンダルやゴシップは大歓迎だが、「誰もが羨む」なあんていう言い方をするのは、視聴者をあなどった表現だと思うので、やめてもらいたい。お願いしますよ、ひとつ。

＊

三月七日、夜。BS朝日の『シネアスト　大林宣彦』と題された一時間の対談番組がとても興味深く、面白かった。

いわゆる尾道三部作（『転校生』『時をかける少女』『さびしんぼう』）で一九八〇年代の日本映画界を活気づけた大林宣彦監督（'38年生まれ）と、安藤桃子監督（'82年生まれ）が、三十分ずつ（攻守ところを変えて？）インタビューする。

大林監督は、私も一度インタビューさせてもらったことがあるが、おだやかでやさしく懐《ふところ》の深さを感じさせる人。いっぽう安藤監督はカンのいい人で、大林監督の言葉にすばやく、正しく反応する。飾り気なく率直。しかも見た目もキュート。NHK朝ドラ『まんぷく』の安藤サクラのお姉さんね。親子以上に年の離れた監督二人だけれど、生き生きとして、ほほえましくもある対談になっていた。二人とも、それぞれの流儀でオシャレ。

大林監督は、黒澤明監督の『夢』（'90年）のメイキング・フィルムを撮った時、「俺、アマチュアになったんだなあ、いいなあ、アマチュアだから作れた――と思った」と呟《つぶや》いていたのが印象的。尾道の由緒正しき医者の家に生まれ、二歳にしてオモチャの映写機で遊んでいたという、ねっからの映画少年の姿がしのばれた。

小津安二郎監督にも触れていて、小津監督の有名な言葉――「どうでもいいことは流行に従い／大事なことは道徳に従い／芸術のことは自分に従う」を紹介していた。

山田洋次監督の『東京家族』（'13年）について、「すべてのカットに戦争が映っていました」という言葉には、エッ、どういうこと？　どういう意味？――と、とまどったのだけれど。

私はたまたま、昨年、尾道を初めて訪ね、大林映画でおなじみの石段をのぼりおりしたり、小津映画『東京物語』のラストシーンのロケ地になった寺の庭に立って「眺めは全然変わらないなあ」と嬉しく思った。映画資料館もあって、尾道は再訪したい町になった。遠いけれど。いつか、また――。

さて。ここまで書いて窓外に目をやると、今日は雨という予報だったのに、淡い青にウッスラとした雲がわずかに横に流れているだけの晴天。いよいよ春じゃない？　こうしちゃあいら

大林宣彦監督。原爆をテーマにした最新作が公開予定。

れない、どこか遠くへ行きたい。一カ月ほど前に群馬の温泉に行ったばかりだけれど、寒かったし、山歩きはしなかったし……。

「歩けるうちに歩かないと」——これが今や私の強迫観念のようになっているのだ。

（2019年3月31日号）

◉食べものがらみ◉ダンボの瞳

「衣・食・住」と言うけれど、ほんとうのところ、人間にとって最もたいせつなのは「食」でしょう。命をつなぐためには、まず、「食」。絶対的なものでしょう、生きものとして。それに較べれば「衣」と「住」は従属的。生死にかかわるという程のものではない。

ということは私だって重々、承知しているわけですが……今のTVを観ていると、くいもん（いや、もう少し品よく食べものと言おう）がらみの番組ばかりでゲンナリしてしまう。

旅番組が食べものがらみなのは、まあまあ当然だろうと思えるけれど、スタジオにタレントや有名人が居並ぶバラエティ番組やトーク番組やクイズ番組などでも何かにつけて食べものが出てくる。スタジオにいる出演者たちに「これが今評判の××の△△です」とか何とか言って、食べものが運ばれてきて、出演者が食べる場面（言うまでもなく出演者は「おいしい」とコメント）の何と多いことか。

「えーっ、あんまりおいしくないですね」だの「私は魚が嫌いなので食べられない」だの「ちょっと味付け濃すぎませんか」だの言えない状況でしょう。TVを観ている人が、「うーん、おいしい」と言うのを待っているかのようだもの。そもそもスタジオの中でカメラの前で食べて、ほんとうに、楽しく味わうことができるものなのか？

「まずい」とは言えない「グルメ番組」って、いったい何なんだ!?——と私は思うけれど、たぶん、世間の多くの人は私より頭の中がオトナで、いわゆる「話半分」に聞いているのだろう。「ほんとはそんなにおいしくないのかもしれないね」と。「それでも一回くらいは食べてみようか、話のネに」といった感じ？

町歩きとセットの食べもの紹介はともかく、スタジオに運ばれた料理を出演者が食べるシーンは、どう考えても見苦しい。やめてもらいたい。

食べものがらみの番組が多いのは、もしかするとTVを観ている人の多くが、今や、高齢者になっているということと関係があるのかもしれない。最後に残るのは「食い気」みたいな心境だったりして。

さて、もうひとつ。私が近頃のテレビ番組でイマイチ腑に落ちないのは、東大生のタレント化。クイズ番組で「さすが東大生」といった知識豊富の東大生が何人か出てきて、今やすっかりおなじみ。

私は「知識」と「知恵」と「知性」はそれぞれ微妙に違うと思っているのだけれど、今の日本ではそんなコマカイことは気にしないようだ……。

東大というのが身近なものとして親しまれるのは結構だけれど、TVでの人気というのは恐ろしいものなんじゃない？　それにつぶされないだけの度量があるのかなあ？——と、ちょっと心配。文字通り「老婆心」というやつですが。

＊

三月二十九日公開のディズニー映画『ダンボ』が期待以上の楽しさ。断然、おすすめします。ディズニーの『ダンボ』と言ったらアニメ版（日本公開は'54年）を連想してしまうが、今回の『ダンボ』は実写版。ダンボをはじめ部分的にはCGを使っているものの、基本的にはセットや俳優たちを使った実写。これが、みごとに違和感なく溶け込んでいて、夢うつつの面白い世界を作り出している。

とにかく、大きな耳を持った子象のダンボがかわいいったらありゃあしない。とりわけ水色の瞳。笑ったり、拗《す》ねたり、怒ったり。表情豊か。これが大きな耳を翼のように揺らして空を飛んでゆく。私、いきなり人格崩壊。十歳の子どもになって、わくわく。そしてウットリ。昔見たアニメ版『ダンボ』より好き。

時代設定は蒸気機関車の頃。アメリカの地方都市を回るサーカス団に子象が生まれたのだけれど、耳が大きすぎて、観客たちからは笑いものにされていた。ところが、やがてダンボはその大きな耳によって空中を鳥のように飛べることがわかって、一躍人気者に。それに目をつけた悪党がダンボをさらって、金もうけをたくらむのだが……というおなじみの話。それなのに新鮮な面白味がある。

何の情報もなく観たのだったが……なんと、監督がティム・バートンだったのね！　さすが一味も二味も違う。

ティム・バートン監督は若い頃はディズニーのアニメーターをしていたそうだが……パカーッと

2019年3月

明るくフラットな世界ではなく、どこかダークさというか妖しさというか、素敵なくどさというか……そんな感じも随所に感じられる監督なのだ。

一九八〇年代末から『バットマン』『シザーハンズ』『チャーリーとチョコレート工場』など奇想のストーリーを独特のビジュアル・センスで描き出す。いわば、きちんとした技術を持った奇才。

私にとっての最高傑作は**『エド・ウッド』**（'94年）。あんなにせつなく、おかしな映画も珍しい。

ティム・バートン監督は一九五八年生まれというから、今年六十歳。還暦か。いつのまにそんな歳に!?とあらためて驚く。

そうそう。ティム・バートンの初期作品の中には**『ピーウィーの大冒険』**（'85年）というのがある。一九八〇年代当時、ポール・ルーベンスというコメディアンがいて、ちょっとカルト的な人気があったのだが、性的スキャンダル（映画館の中でワイセツ行為に及んだという話）によって、芸能界から追放された。私はポール演じるピーウィーのファンだったので、とてもガッカリした。ゆで卵のようなノッペリした顔で、フツーにうまく大人になれなかった青年風。どこか浮世離れしていて、一九五〇年代頃のアメリカ幻想の中で生きているかのような風情《ふぜい》。確かにティム・バートン好みのヘンなスターなのだった。残念でならない。

話は戻って――。十歳児に戻った気分で『ダンボ』を観ているうちに、ある記憶が頭に浮上してきた。十歳頃の話――。映画界は活気のある頃だったから、私が住んでいた浦和には邦画の映画館が三軒

『ダンボ』
MovieNEX 発売中／デジタル配信中
©2019 Disney 発売／ウォルト・ディズニー・ジャパン

あった。洋画専門の映画館『浦和オリンピア』もあって、私としてはそこが一番の憧れ。そこで観たディズニーのアニメ『バンビ』には、しんそこ感動した。

森の様子、樹上の鳥や地上の動物たち。子鹿のバンビが細い脚を突っ張って立ちあがり、歩き出す様子、フクロウやウサギたちの動き。それらのすべてが生き生きとなめらかで、（子どもだったから言葉は知らなかったけれど）エロティックにすら感じられた。

同い歳の女友だち三人と観たのだけれど、実は出がけに妹（二歳下）が「私も観たい」と言っていたのに、私は友だちに気がねして、妹を追い払って観たのだった。

『バンビ』に感動した、その心の隅で妹にも見せたかったなあと、何だか、うしろめたくなり、売店でチョコレートを買って妹への「おわび」にした。

そんな大昔の一件も頭によぎらせながら、ティム・バートン版『ダンボ』を観た。

（２０１９年４月７日号）

◉あわてもの◉ひとり紅白◉詐欺の子◉笑芸ざんまい

春のお彼岸。天気もいいので、手伝いに来ていた妹と浅草の寺に墓参りしようということに。

銀座で昼食をして、地下鉄（銀座線）で浅草へ。三人がけのシートに並んで座ると、向かいのシートにハタチ前後の女の子二人が座っていた。一人はミニスカートで、もう一人はジーンズのショートパンツ。たくましい太腿《もも》をムキダシにして脚を組んでいる。化粧も服もあんまり板についていない感じ。ついつい頭の隅に「どこのイナカから出て来たんだあ⁉」なあんていう言葉がよぎってしまう。

さて、浅草に着いたので、妹ともども立ち上がってホームに出ようとしたら、そのショートパンツの女の子に「忘れてますよ、これ」と声を掛けられた。その手には私のカーディガンが。その子は、私が冷房対策として持って出たカーディガンをシートに置き忘れているのに気がついて、すばやく手に取って、声を掛けてくれたのだった。

私の頭の中は激変。凄く「いい人」ぽい笑顔を振りまいて、「ありがとう、ありがとう」と言って下車。さっきまで見くだすかのような気持でいた自分が凄く恥ずかしかった。

さて、墓参りを終えて、近くの喫茶店で妹としばらく雑談。浅草駅で別れて、地下鉄（銀座線）で帰路についたのだが……何と同じ車両にまたその女の子二人が乗っていたのだ。ちょっと離れた席だったので、二人は全然気がついていなかったが。

こんな偶然、めったに無いことでしょう。すごく低い確率でしょう。都心の人口密集地域では。私と妹、そして女の子コンビの、それぞれの、数時間の動きを俯瞰《ふかん》的に思いめぐらすと、神様だか何だかが面白がって動かしている盤上ゲーム（チェスだの将棋だの）のコマのようにも感じられるのだった。私はただのコマにすぎない——そんな気持にさせられることは、結構、多い。

＊

三月二十日夜のＮＨＫ総合。桑田佳祐の『**ひとり紅白歌合戦**』をとても楽しく嬉しく観た。タイトル通り桑田佳祐が一人で紅組白組両方の歌手を演じ、次々と熱唱。もちろん自身のデビュ

桑田佳祐の音楽的教養に圧倒された。

ー作、一九七八年の『勝手にシンドバッド』も。いやーっ、あれから何と、もう四十年も経つのか。頭、クラクラ。その頃と全然変わっていないように見えるんだけどなあ。

サザンオールスターズとほぼ同世代の松任谷（荒井）由実、中島みゆき――いわゆるシンガー・ソングライターの大ヒット曲ばかりではなく、先行世代の尾崎紀世彦、和田アキ子（『あの鐘を鳴らすのはあなた』ではなく『古い日記』を選んだところがシブイ！）、北島三郎、美空ひばりなどの名曲も。

つくづく桑田佳祐という人の音楽的教養というものの豊かさ確かさに圧倒された。それなのに偉そうなところは全然なくて、遊び楽しんでいる感じのほうが前面に出ているところも好き。はい、夢のような『ひとり紅白歌合戦』でした。録画しておけばよかったなあ！

＊

三月二十三日夜。これもＮＨＫ総合。『詐欺の子』という一時間半の実録的ドラマを興味深く観た。

近頃、問題になっている〝オレオレ詐欺〟を芯にした犯罪ドラマ。中村蒼《あおい》という若手俳優を主役に据えて、ごく普通の青少年たちが、たいした罪の意識も無いまま一種のビジネスとして老人たちから金を巻きあげていくプロセス、そしてターゲットになった老人たちの心理の道筋をキッチリと追っていく。

ちょっとばかり不良だった青年（中村蒼）がオレオレ詐欺の簡単さと実入りの多さに惹かれ、親友とともに電話で老人たちから金を巻きあげるようになる。学校で孤立していた少年も仲間に引き入れながら。

電話でちょっと嘘をつくだけ。なおかつ、電話を掛ける者、現金を受け取る者といった役割分担をしているので罪の意識は薄い。

そんな中で、かつてオレオレ詐欺の被害に遭った女の人（桃井かおり）が警察のおとり捜査に協力したため、主人公の相棒が逮捕される。その裁判の中で、主人公はようやく被害者の心情をヒシヒシと知ることになる。そして……という話。

思うように職に就けない青年たち、オレオレ詐欺にコロリとだまされてしまう淋しい大人たち、友だちのいない孤独な少年……そんな構図の中で、オレオレ詐欺は後を絶たないのだった。

このドラマでは、オレオレ詐欺に走る若者たちの心の道筋も、被害に遭うことになった老人たちの心理というものもシッカリと描き出されていた。だます側の若者たち三人（中村蒼、長村《おさむら》航希、渡邉蒼《あお》）も、だまされる側の坂井真紀、桃井かおりも胸打つ演技だった。ラストには純白の髪となったイッセー尾形登場。やりきれない現実の中で、魂を鎮めるような長ゼリフだった。

＊

高田文夫センセーの新刊がまたまた送られてきた。『**東京笑芸ざんまい**』（講談社）。『小説現代』

の連載エッセーをまとめたシリーズもの第三弾。

帯に著者のキャッチ・コピーあり。「東京で生まれた人一倍大きなこの目玉。生で、LIVEで、ジカに森繁《もりしげ》もアベベも志ん生《しんしょう》もビートルズも見た。その見たまんまを、ヤジ馬のたしかな目で書き残そう」――。私がクドクド説明するまでもない、確かにそういう本です。

二〇一二年に死線をさまようがごとき大患に倒れたものの、心臓にペースメーカーを埋め込んでの大復活。もはや怖いもの知らずと化して（?）、笑芸および笑芸人について語りまくっている。私もいささか笑いの世界に関心があるので、心のうちで「師匠～！」と呟きながら、このシリーズ本を拝読させていただいているというわけ。

隙あらば笑わせようという、変種の空間恐怖症的な文章は相変わらず（いったい頭の中、どういう構造?）。

今回、ハッとしたのは、ビートたけしの持ちネタだった鬼瓦権造《おにがわらごんぞう》に関して。あのすばらしいネーミングは高田さんによるものだったのね。当時、私は鬼瓦権造という名前と、その衣裳に感動したんだからあ。一番好きなキャラクターだったんだからあ。

同世代なので昭和の相撲界の思い出話も楽しい。

第二十三章の「日本人の（歌に出てくる）名前」という章もおかしい。フランク永井「夜霧に消えたチャコ」から奥村チヨ「ごめんネ…ジロー」、サザンオールスターズ「チャコの海岸物語」などたくさんある中で、私が一番ウケたのは美樹克彦「花はおそかった」の、かおるちゃん！「回転禁止の青春さ」も思い出し、大笑い。

（２０１９年４月14日号）

2019年3月

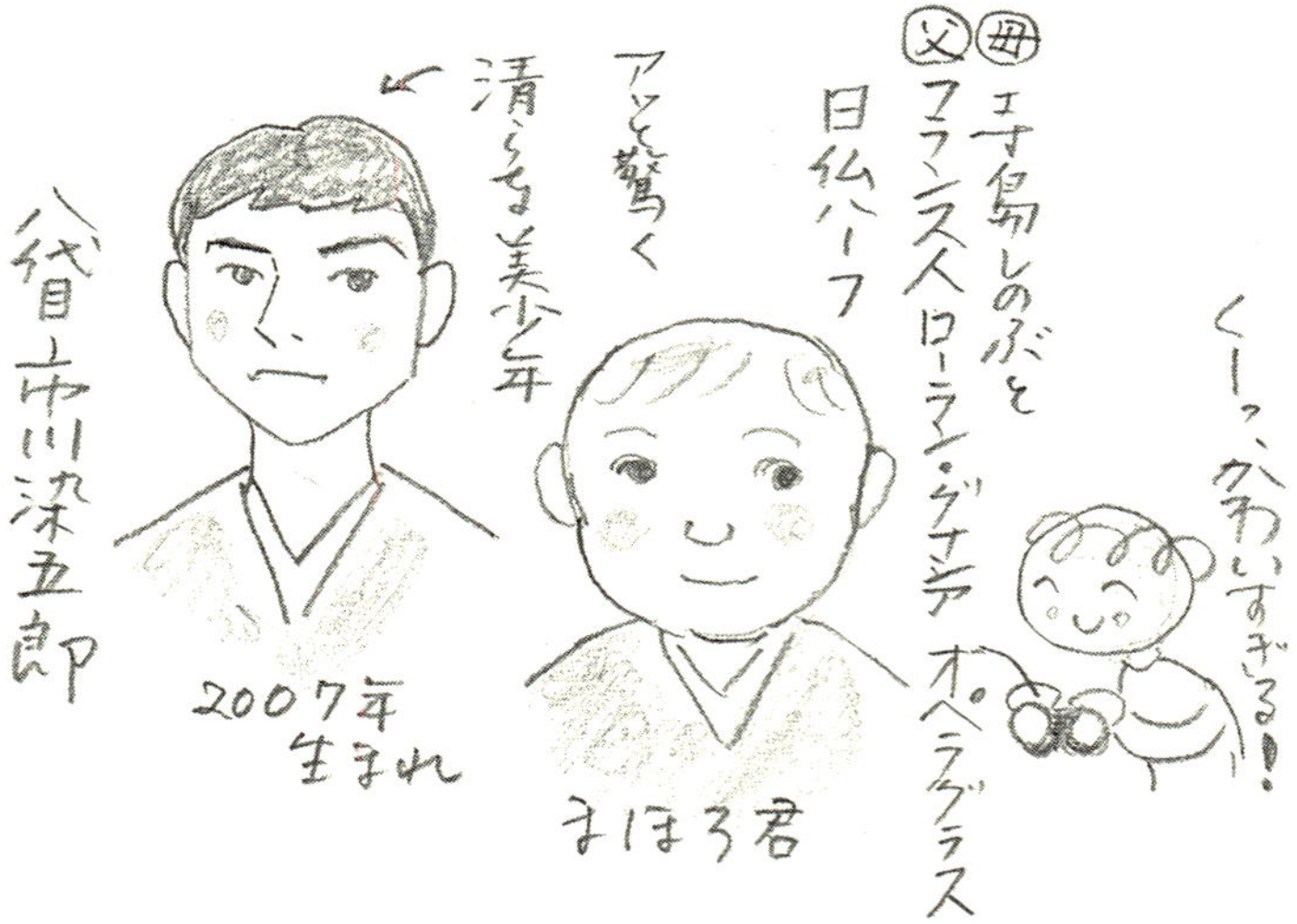

ほんと、寺島しのぶとローラン・グナシアさんの間にできた寺嶋眞秀《まほろ》君（'12年生まれ）、イジョーなまでの愛らしさ。ふっくらホッペにツブラな目。おっとり、のんびりした感じなのだけど……うーん、この先、どうなるのかなあ。源氏物語で光源氏が幼い若紫を見て「おいさきゆかしけるなんめり」と思ったくだり、思い出しますよ。おいさき＝成長が楽しみ。

歌舞伎役者になったら嬉しいけれど、べつだん執着はしない。アーティストとかミュージシャンとかになりそうな気もする。とにかく何か「持っている」、そんな感じ。

いっぽう、中村芝翫《しかん》（元・橋之助）と結婚した三田寛子のところもすごくて、三人の息子がいて、それぞれ、橋之助、福之助、歌之助として歌舞伎役者の道を選んだ。

松本幸四郎（十代目）のところでは息子の市川染五郎（八代目・'05年生まれ）がアッと驚く美少年。スッキリ、キリリのクール・ビューティ。「団塊世代」にとっては〝染五郎〟の孫というわけ。歌舞伎界は、けっこうシブトイ。

2019年4月

夜桜の一枝長く川面まで

◉昭和は遠く◉ああ、ショーケン◉お疲れさまでした

新元号が発表された。

「令和」――。

「ふうん、そうきたか」と思っただけで、べつだん好きとも嫌いとも思わなかった。画数も少なめだし、誰にも読める字だし、品格もあるし。無難では？ イニシャルはRということになったわけね。レイワ……つい、エリック・クラプトン「いとしのレイラ」を連想してしまう。

令子と和子という名前がポピュラーなせいか、ちょっとフェミニンなニュアンスを感じさせるところも悪くない。「平成」がそうであったように「令和」にもすぐに馴《な》れてしまいそう。

これで私も昭和・平成・令和と三つの時代を生きることになるわけだ――という感慨も少々。実際、私の『サンデー毎日』の連載がスタートした時はまだギリギリ昭和だったんですよね。昭和六十年の初夏。七月二十一日号から（この日付、偶然、私の誕生日と同じだったので、おぼえているのです）。

俳人・中村草田男の「降る雪や明治は遠くなりにけり」という句は余りにも有名だけれど、草田男は、明治三十四（一九〇一）年生まれだから、明治の中で生きたのは十歳くらいまで。この句は少年時代へ

出典は『万葉集』というのがいい。

の郷愁というのも多分にあるわけなんですね。

明治も長かったけれど昭和はもっと長かった。なおかつ敗戦という一大事があって「戦前昭和」と「戦後昭和」――二つの時代があるかのような大きな変化。「現人神」は「人間天皇」に。皇室イメージもドラスティックに変わった。戦争大反省時代とも言える「戦後昭和」の中で生まれ育ってきたこともあって、私は長い間、皇室というものの存在をスンナリとは認められなかった。それでも正田美智子さんの御婚約ニュースにはおおいに興味を惹かれた。明るく知的な美貌の人だったから。映画で言えばナイス・キャスティング。その両親もきょうだいも品よく、つつましく、美しかった。東京の山の手ブルジョワはこうあってほしいというイメージそのままだ――と、子ども心にも感じたものです。

平成の天皇・皇后両陛下は、戦時下は少年少女だった。戦争責任はまったく無いのだ。周到に神格化されることを避け、先の戦争で命を失った人たちへの「慰霊」と、それから被災地の人たちへの「慰励」に努めてこられたと思う。つねにカップルという形で。

美智子様は一時、メディアの報道ぶりに胸を痛め、声が出なくなるという大変な時期があったものの、それを乗り越え、本来の明るさや茶目っ気を取り戻されたかのよう。

俗な言い方で恐縮ですが、「お疲れさまでした」――。

と、ここで筆を擱《お》けばいいのに、私は愚か者、やっぱり書かずにはいられない。有識者会議の一人だった元NHKの宮崎緑さんのファッションにビックリ。いったいどういうコンセプト？　卑弥《ひみ》呼《こ》!?　シャーマン!?　こわかった……。

2019年4月

＊

元号が「令和」と発表された、その四日前。私にとっては大ショックとなったのがショーケン＝萩原健一さんの訃報。六十八歳。

エッ、つい最近、ＮＨＫのドラマ『不惑のスクラム』で駆け回っていたじゃないの、元気そうだったじゃないの!?――とビックリ。すぐには受け入れられない。納得できない。

続報によると、ＧＩＳＴ《ジスト》（消化管間質腫瘍）という、私なぞ初めて知る病名だった。八年程前からの闘病だったが、本人の希望で公表しなかったという。葬式や「お別れの会」といったものも拒否。いいんじゃないですか、それで。ショーケンらしくて。

圧倒的にショーケンならではと思わせたのがＴＶドラマ『傷だらけの天使』（'74―'75年。いやー、もう四十年以上前か）。その風貌、体の動き、しゃべり方、表情……演技の計算なんてまるで無いかのように見える。動物的直感というのだけで成り立っているような演技なんですよね（これを、まだ新人の水谷豊が巧《うま》く受けるのだ）。

何かに失敗したり、困った時など太めの眉をアチャーという感じで、八の字にしかめる。その顔のおかしいこと、かわいいこと。若さというものの輝きと情けなさを最高に演じ切れたスターだった。

女の趣味がシブイですよね、私に言わせれば。日本の男の人は「ちまっちまっとしたかわいい子」という言葉があるように、伝統的に、小づくりで清純可憐《かれん》型の女の人が好みのようだけれど、ショーケン（三度結婚している）は違った。小泉一十三《ひとみ》、いしだあゆみ、冨田リカ――というふうに「大人顔」の女の人が好きなようなのだ。私としては、小泉一十三（一九七〇年代のトップモデル）が最高にカッコイイと思っているのだけれど。そう……「かわいい」より「カッコイイ」女の人が好きみたい。手ごわそうな女に手を出して失敗する――それの繰り返しだったのかも。

　TVドラマでは『傷だらけの天使』のすぐあとの『前略おふくろ様』もとてもよかった。東京・深川の料亭で板前修業中の純朴な青年サブちゃん役。

　あの頃は私もTVドラマを結構、好んで観ていたんだなあ……。

　ショーケンは私の出身地である埼玉県浦和市の北隣の、与野市の子だった。それも少しはあって、GS《グループ・サウンズ》時代のテンプターズの頃から応援気分だった。不良少年だったみたい。いっぽう、その子ども世代と言ってもいい星野源は浦和市の南隣の蕨《わらび》市出身。こちらは万事に「程」がよく、スンナリと好感が持てるタイプ。与野と浦和は今や統合されて「さいたま市」ということに――。なあんて自慢げに書いたりして。私にも地元愛というのが少しはあるのだった。

＊

　いやはや何とも、時の流れというのは早いもの。イチローがメジャーリーグ入りしてメディアは騒然――と思っていたら、何とそれからもう十八年経っていて、現役引退ということに。四十五歳になっていた。シラガも少々。

　投手ではなく野手としては初めてのメジャーリーガー。前例の無いことだったので、はたして通用するのかどうかと心配する人もいたのだけれど、みごとに凄い前例を作ったのだった。

万事にルーティンというのを大切にしていて、生活のすべてを野球に捧げるかのように自分を律している様子を知るたびに、ついつい、「奥さん、大変そう」と思ってしまうのだったが……。奥さんの元アナウンサー福島弓子さんはそういう献身をいとわない人なのだろう。はい、私には決定的に欠けている美徳です。

イチローは多くの若い女性ファンがいた中で、どうやってそういう美徳の持ち主を見抜いたのだろう。いわゆる選球眼と同様に、理屈を超えたもの？　直観？

イチローは犬好きらしく、一弓《いっきゅう》と宗朗《むねろう》（イチロー大好きの川崎宗則にちなんだ命名らしい）という二匹の柴犬をかわいがっている。柴犬好き——というだけで俄然、「いい人」のように思えてしまう。


（2019年4月21日号）

◉花ざかり◉ローレル＆ハーディ◉『兄消える』

仕事がそこそこ溜まっているのだが、TVで桜の開花情報を目にすると落ち着かず、浅草の友人夫婦にねだって、二人が持っている千葉の山荘へ車で連れて行ってもらった。二泊三日。

いやー、最高でした。町の中も山の奥も桜、桜、桜。いつもは無味乾燥としか思えない幹線道路沿い（カラオケ店とかスーパーとか）にも、人気《ひとけ》の無い住宅地にも、漁港近くにも、噴き出すかのように桜の花が。

とりわけ胸にしみるのが小学校の校庭に咲く桜。何だか似合うんですよね、小学校と桜って。もしかすると、私の個人的な感慨にすぎないのかもしれないが。幼い頃の私は大変な人見知りで、小学校に入学した時、知らない子たちとすぐにはなじめず、同級生たちが屈託なくゴムダン（ゴム跳び）などして遊んでいるのを桜の樹の下で一人、ジーッと見ていたのだった……。

山荘の庭には、十年程前だったか一メートル弱の桜の木を買って植えたのだったが、場所がよくなかったのか、うまく育たないで、花もわずかしか咲かなかった。ところが、今年は満開で、幹もシッカリとして、まわりの自然風景にだいぶ溶け込んだ。嬉しい。

やがて……私や友人夫婦が死んでも、この桜は生き続けるんだなあ、と思う。そうして毎年毎年、花を咲かせ、散らしていくんだなあ、と思う。

当然のごとく（?）、梶井基次郎の「櫻の樹の下には屍体《したい》が埋まつてゐる!」という一節を連想せずにはいられない。昭和初期に書かれた短編小説『櫻の樹の下には』の冒頭の、この一節。高校時代に読んで衝撃を受けたものだが……その顔写真を見て「エッ!?」と、また別の衝撃。想像していたのとはまったく違って、やたらゴツイ顔。十七歳の私としては、そのギャップ（作品と顔）はどうにも受け容れ難かった……。

さて。帰りはいつものように、山荘から車で十分ほどの所にあるパン屋へ。店名がおぼえられずというか、おぼえる気も無く、友人との間では「おしゃれパン屋」で通じてしまうのだ。店員がおしゃれな制服を着ていて、パンの種類も多い。ちゃんとおいしい。桜の花びらを塩漬けにしたのをあしらったパンなどいくつか買い込む――。そんなことで、すっかり満足してしまう私。安あがりな女。

2019年4月

＊

四月十九日公開の、イギリス・カナダ・アメリカ合作映画『僕たちのラストステージ』、断然おすすめします。私は大好き。

海外の「お笑い」の歴史に興味を持つ人だったら絶対にその名を知っているだろう。一九二〇年代後半から四〇年代にかけて舞台や映画で大活躍したお笑いコンビ――ローレル＆ハーディの半生を描いたもの。

何しろ二人とも一九世紀末の生まれだから、とっくに亡くなっている。小柄なツッコミ役のローレルをイギリスでは大物のスティーヴ・クーガンが、巨漢のボケ役のハーディをアメリカのジョン・C・ライリー（私、大好き！）が演じている。

本当のローレル＆ハーディは写真でしか見たことが無いけれど、二人とも相当、実物に似せているはず。特にハーディを演じたジョン・C・ライリーは目には青いコンタクトレンズをつけ、体重も大増量したうえファット・スーツまで着込んでの役作り。

一九二〇年代初めに正式にコンビ結成、それまでには無い「笑い」の世界を切り開いていった。映画はまだ普及していなくて、各地

『僕たちのラストステージ』
発売・販売元：ポニーキャニオン
DVD ¥3,800（税抜）
©eOne Features（S&O）Limited, British Broadcasting Corporation 2018

の劇場でのコントが中心。

小柄なローレルには尖鋭《せんえい》な笑いのセンスがあって、ネタ作りをするのだが、その「新しさ」が理解されず、コンビ解散か?というところまで追い詰められるのだが……という、案外おなじみのパターンの話。

にもかかわらず、私は笑いと涙で、胸がいっぱいに。好きなんですよ、「芸道もの」。なおかつ「お笑い系の芸道もの」。時代設定の多くが一九二〇年代から五〇年代——というのも嬉しい。アール・デコのファッションやインテリアも贅沢で見もの。画面の隅々まで味わい深い。アメリカでのそれと較べると、ちょっと地味め。

男同士の友情というかコンビ愛というか。人柄は正反対で、衝突することもたびたびで、コンビ解消ということにまでなったりするのに、結局は「お前じゃなくてはダメなんだ」——。そんな奇妙な関係も巧く描かれていて、私は涙ボロボロ。おかしくて、せつなくて。

イギリスで大人気だった二人に目を付け、アメリカ映画界へとスカウトした人物としてハル・ローチも登場する。ハル・ローチといったら、私が子どもの頃、TVで観て大好きだったアメリカ製コメディ『ちびっこギャング』のプロデューサーとして有名な人。ハロルド・ロイドもこの人が大物コメディアンに育てあげたのよね。今回、この人を演じたダニー・ヒューストンは、かの有名なジョン・ヒューストン監督(『マルタの鷹』『キー・ラーゴ』『許されざる者』『勝利への脱出』など)の息子だという。アンジェリカ・ヒューストンの異母弟ってことね。

というわけで、映画史的にもさまざまな発見や興味をかき立てる映画になっている。

2019年4月

＊

さて。『僕たちのラストステージ』とは打って変わって、華やかさなんぞほとんど無い、いわば「老人映画」なのだけれど、五月二十五日公開の日本映画『兄消える』を面白く懐かしく観た。

信州の上田で町工場を営み、百歳で亡くなった父親の葬式を終えたばかりの鉄男（高橋長英）のもとに、四十年もの間、家出して消息不明だった兄の金之助（柳澤愼一）が突然、フラリと帰って来る。娘、いや、孫娘くらいの若い女を連れて。

父と共に真面目に鉄工場を切り盛りしてきた鉄男と、女が好きで働くのが大嫌いで家を飛び出した金之助。「賢兄愚弟」の逆をゆく二人。鉄男は大いにとまどう。ノーテンキすぎる兄に怒りすら感じる。ところが金之助はアッという間にスナックで人脈を広げていて、ちょっとした人気者。そんな中で、ついに四十年ぶりの兄弟ゲンカが勃発して……という話。

軸になっている二人。弟役の高橋長英は言うまでもなく、兄役の柳澤愼一が、とてもいいんですよ。「地道にコツコツ」なあんていうのが、ねっから性《しよう》に合わず、面白おかしく世間を渡ろう――という、いわば明るい虚無主義者《ニヒリスト》の役柄にピッタリ。他に誰と思いつかないくらいのハマリ役。

柳澤愼一は昭和七（一九三二）年生まれの八十六歳。髪は純白で、さすがにおじいさんになったなあとは思うけれど、何となくトボケて飄々《ひようひよう》とした感じは変わらない。

私は子どもの頃、TVで、ジャズ歌手という肩書のこの人を見て、何だかわからないまま、ファンだった。今にして言葉にできるが、ホンモノの「粋」というものを持っていたところに惹かれたのに違いない。どこか硬骨なところも無いと「粋」じゃあないんだもんね。
長生きしてくれて嬉しい。頼もしい。

（２０１９年４月28日号）

◉バブルの頃◉あの成功体験

いよいよ平成という時代もカウントダウン状態になってきた。生前退位ということで、昭和の終わり（天皇崩御）とはだいぶ違った気分で、私は受けとめている。

はるか三十年ほど前。平成の始まりは、ちょうどバブル景気に沸き始めていた。私はいまだに、あのバブル景気の原因というのがよくわかっていないのだが、あの頃はタクシーがつかまらなくて、とても苦労したことだけはハッキリとおぼえている。出版社では何社かのタクシー会社と契約していて、そのタクシー券というのをもらえたのだけれど、それでも空車を確保するには手間取った。

「二十四時間、戦えますか」という栄養ドリンクのＣＭ（旧・三共）がＴＶでガンガン流され、三菱地所がニューヨークのロックフェラーセンターを買収し、六本木を中心に大型のディスコが次々とできて〝ボディコン〟ファッションの若い女子が羽根扇を手に踊っていたり……。

何だか世の中は（というより都心の盛り場は）フワーッと浮き足立っているかのようだった。

そんな中で忘れ難いのが、一九八八年の年頭、六本木のディスコ「トゥーリア」で起きた照明装置の落下事故。結局、三人が死亡、十四人が負傷という惨事となった。

私は「トゥーリア」のオープン直後、ある女性誌の仕事で「トゥーリア」を取材していた。当時、羽根扇で踊りまくっていた女子たちも今や中高年…

「空間プロデューサー」という「ナウ」な肩書の人の話では、「宇宙船をイメージしたものです」という説明だった。なるほどー、面白いな、と思ったものの、私は閉所恐怖症。そそくさと退散したのだった。

TVでは『朝まで生テレビ！』が八七年からスタートしていた。ヨガ教室を開いていた麻原彰晃は宗教色を強め、宗教団体「オウム真理教」を設立。超能力者と称し、過激化していった頃。

麻原彰晃は白い大きな椅子に座り、『朝まで生テレビ！』に出演したことがあった。当時、『サンデー毎日』は、いち早く「オウム真理教の狂気」という特集記事を組んでいた。八九年（平成元年）には、男性信者を殺害。九五年にはついに地下鉄サリン事件という卑劣きわまりないテロへと突っ走ってゆく。やっぱり平成最大最悪の事件はこれだったろう。

バブル崩壊は九一年から九三年と言われている。戦後復興→高度経済成長→バブル景気と、「上へ上へ」と目ざしてきた日本経済も、ついに、低成長を余儀なくされるようになったのだ。

低成長の平成時代の中で生まれ育った平成っ子は、「変わらぬ日常」を、屈託なく生きているように見える。よくも悪くも。もはや、欧米に対する憧れや羨望《せんぼう》といったものは薄い。

男子たちは女子への差別意識をムキダシにすることはカッコ悪いことと心得ていて、めったにムキダシにすることはない。女子たちの「キャリア」「結婚」「家庭」に関する選択肢はだいぶ広がった（そのため迷いも多くなったかも）。

俳人・中村草田男の有名な句、「降る雪や明治は遠くなりにけり」は大正を飛ばして少年時代だった明治を懐かしんでいる句。それにならって私も平成を飛ばして一句。「桜散る昭和は遠くなりにけり」――。

＊

あれはいったい何年のことだったんだろう。バブル崩壊の九〇年代だったろうか。それ以前にも銀座にはホームレスの人たちの姿が多数、見かけられていたのだったが、そんな中でもある日、地下鉄銀座駅で出くわした人は忘れようにも忘れられない。

地下鉄日比谷線のホームに立っていたら、急に異臭が。エッ!?と思って見ると、一目でホームレスとわかるいでたちのおじさんが近くを歩いているのだった。

私はできるだけ差別的なふるまいはしたくないと思っている人間なので、ちょっとした異臭だったら、そしらぬ顔をしてガマンするのだけれど、そのオヤジさんの異臭はあまりにも強烈だった。目にしみる、と言ってもいい程。

同じホームにいた人たち、声には出さなかったけれど、みな、スッとそのオヤジさんから遠のいていった。ほんと、差別意識がどうこうという問題じゃないのよ。良心をふるい立たせても耐え難い程の、強烈さだったのよ。「悪いなあ」と思いつつ、私も素知らぬ顔を作って、ホームのはじのほうに避難した。

銀座では、もう何年も前からホームレスの姿を見かけることはなくなった。彼および彼女たちは、いったいどこにどう消えていったんだろう。

そうそう。話はコロッと変わりますが、桜田大臣失言問題、ひどすぎるよね。何しろ自分が担当大臣となっている「オリンピック・パラリンピック」という言葉もシドロモドロにしか言えないんですから。今回も主義主張ゆえの失言ではなく、無知ゆえの失言なんですから。

桜田氏はルックス的にはツブラな瞳にいささかの可愛気《かわいげ》あり、政界にうって出なければ、「アクは強いけど、面白い人」ですんでいたのだろうが。こういう人がトップをつとめる二〇二〇年の東京オリンピックなんてロクなもんじゃないかもーと、心に暗雲。

安倍晋三首相には任命責任というのがあるはず。桜田氏のどこをどう評価して大臣に任命したのか？　大いに理解に苦しむ。国民をバカにしているとしか思えない。

こんなオソマツなゴタゴタを見せられると、ついつい、前回（一九六四年、昭和三十九年）の東京オリンピックが奇蹟のごとく、まぶしく感じられる。

敗戦からまだ二十年弱しか経っていなかったのだ。高度経済成長期とはいえ、市川崑監督による記録映画『東京オリンピック』に映し出される東京の姿にはまだまだ貧しさがあちこちに。

開会式前日は台風の影響で大雨だったのが、当日はスカーッとした青空の秋晴れに、自衛隊航空機による五色の五輪マークがシッカリ描かれ、白い鳩が飛ぶ……という開会式に始まる一大成功体験になった……。

幸運が重なったということもあっただろうが、やっぱり、さまざまな形で戦争を体験した当時の大人たちの、プライドを懸けた意地というのも大きかったんじゃないかと思う。

私はそんな前回の東京五輪の記憶をたいせつにしているので、二〇二〇年の東京五輪には無関心だったけれど、「やるなら、ちゃんとやれ！」とは思う。

（2019年5月5・12日号）

◉クルマ問題◉禁忌の領域◉ミックの衣裳◉知恵の神

四月二十二日の新聞朝刊。社会面に二件の交通事故が大きく伝えられていた。

一件は十九日、東京の池袋。八十七歳男性の乗用車が暴走。通行人やゴミ収集車に衝突。二人が死亡。八人（運転していた男性とその妻を含む）が重軽傷。

もう一件は二十一日、兵庫県の神戸市。市営バスが横断歩道に突っ込み、歩行者を次々とひいた。二十代の男女二人が死亡。六人が重軽傷。バスの運転手は六十四歳。

「高齢化社会」、そして「クルマ社会」となった日本の、今までにないリスクを思わずにはいられない。

具体的には、運転免許証をいつ返納するかということ。事故を起こしてからでは手遅れというものだろう。それでも街なかではともかく、ローカルではクルマに頼るしかないということもあるだろう。死活問題。

友人夫婦の千葉の別荘にたびたび車で連れて行ってもらっている。高速を降りて、小さな町なかを通って行く時に気になるのが、バスというものが見当たらないこと。

都心では昔ながらのバスが頻繁に走っているというのに。

車を持たない田舎暮らしの高齢者はいったいどうやって移動

神戸のバス暴走現場。

しているのだろう？　友人は「マイクロバスでピックアップされているんじゃないの？」と言うのだけれど。

クルマ好きの人が高齢になって、免許証返納の決意をするというのは、そうとうツライことなんじゃないかなあ。友人夫婦も今や六十代。今のところ何の問題もないけれど、いつか山荘行きをあきらめなければいけない事態になるのかもしれない。無常……。「今」をありがたいものとして、楽しむしかなし。

＊

四月の半ば、新聞にオランダ発の奇怪な記事あり。見出しは「自分の精子で無断授精／不妊治療医師　出産49人」――。

オランダ南部に住む不妊治療施設の医師（二〇一七年に八十九歳で死去）が、治療を受けた女の人たちに無断で自分の精子を使って体外受精をして、少なくとも四十九人の子どもが生まれていた、というのだ。その医師は生前に、自分の子を約六十人つくったと認めたことがあるという。

それだけでもビックリ仰天だけれど、その医師の精子は他の複数の施設にも送られていたそうで、子どもの数はさらに多くなりそう――という話。

ゲーッ、なんでそんなことをするの、なんでそんなことを思いついたりするの、「神をも畏れぬ所業」っていうやつじゃないの？　信仰心の薄い私でもそう思う。

何も知らされなかった女の人たち、生まれた子どもたち（ほとんど一九八〇年代生まれというから、今や三十代）のアイデンティティはどうなるの？……気の毒でならない。まさにマッド・サイエンティスト。人間の心の底知れなさ。

人間以外の生きものたちは、そんなヘンなことは絶対にしない。科学技術がいくら進歩しても、いや、進歩すればする程、禁忌にしておかなくてはいけない領域というのは絶対にあるはず――。

＊

都内のＴＯＣ五反田メッセで開催された『ザ・ローリング・ストーンズ展』が期待以上に充実したものだった。

長年の友人であるイラストレーターの石川三千花さんに誘われて金曜の昼さがりに出かけた。五反田メッセという所に行ったのは初めて。会場は思いのほか広くて、五つくらいだったかな、複数のブースに仕切られていて、そこをグルリと回って行くかたち。

各ブースに、ローリング・ストーンズの結成以来の歴史やヒット曲にまつわる品々（実際に使った楽器やレコード・ジャケットやプライベートなメモなど）、いわゆるオタカラが、これでもかこれでもかと数多く展示されていた。

俄然、一九六〇年代末の空気、気分。そしてローリング・ストーンズ絡みのいくつかの私的記憶が蘇《よみがえ》る。もちろん来日公演した時の思い出も。

最もありがたかったのは、ミック・ジャガーがコンサートで実際に着た衣裳が十数体のマネキンに着せられて展示されていたこと。

遠目にはプリント模様のように見えても、実はビッシリとしたビーズ刺繍だったりして。ビーズ刺繍って重いのよ。「ミック・ジャガー、よくこんなタイトで重い服を着て、しなやかに動き回れたもんだ」と素朴な感動。

入場料三五〇〇円は決して高くないと思えた充実の展覧会だった。

＊

『ザ・ローリング・ストーンズ展』を見終わった後、車で来ていた石川さんが「渋谷にフクロウ・カフェがあるみたいなのよ、行ってみない？」と言うので、ちょっと腰が引けた気分ながら行ってみた（生きものがいる所で飲食するということに、ちょっとばかり抵抗があったのだ）。

いやー、思いのほか楽しめた。白を基調としたシンプルな店内の壁の高い所に種類の異なる大小のフクロウが数羽。時どき私の頭上をかすめて、他の壁へと飛んで行く。それぞれ種類は別らしい。

ほんと、フクロウ（ミミズクも）って変わっているよね。鳥といったら普通、立ち姿は斜めなものだけれど、フクロウはヒトのように直立している。顔もデカイ。その昔、ディズニーのアニメ『バンビ』にちなんだ歌の中で「ミミズクおじさん、言ってたよ〜」というフレーズがあったせいか、どうしてもオジサンぽく見える。普通に、すばやく飛べることに驚く。

お店の女の子が「さわっても、かみつかないですよ」と言うので、おそるおそる頭を撫でてみたら、案外、柔らかい手ざわりだった。おとなしい。

高校時代からの親友K子は昔からフクロウが好きで、ちょっとしたフクロウ・グッズのコレクター。いっしょにヨーロッパ旅行をした時、アクセサリー店で、フクロウをあしらったペンダントを喜々として買っていた。

ヨーロッパでは、フクロウは「知恵の神」として愛されているのだった。うーん、「知恵の神」ね、今となったら、私もボケ封じという思いをこめて、フクロウのペンダント、買ってみようかな――なあんて思った。マジで。

私が住んでいるのは昔ながらのマンション。何かと便利で、もう三十年余り暮らしている。ほとんど不満はないのだけれど、唯一最大の不満は犬が飼えないこと。小さな室内犬なら飼えるのかもしれないが、私が好きなのは中型犬なのだ。

この際、犬はあきらめてフクロウを飼うという手もあるか!――とフト思った。

調べてみると、寿命は十年から四十年。案外、長生き。いいかもしれない……。でも、あのパチッと見開かれた目に、毎日毎晩みつめられている状態というのは監視《ウオッチ》されているようで、ちょっとコワイかも。

（2019年5月19日号）

ショーケン＝萩原健一の死にショック。本文でも書いたけれど、一九七〇年代の、あの頃、ジュリーとショーケンがGSの人気を二分していた感じの中で、私はショーケン派だったのよね。GSブームが過ぎたあと、ショーケンは俳優という活路をみつけた。動物的直感としか言えないような、計算の見えない自然な演技。『傷だらけの天使』『前略おふくろ様』『祭ばやしが聞こえる』——TVドラマに力があった頃——。

素行が悪くても、俳優としての才能や魅力を買って、ショーケンを重用する人たちは、ちゃんといたのだ。

GSブームの頃のことはショーケン自身はイヤだったろうが、私は好きでしたよ、特に「エメラルドの伝説」。「みずうみに〜君は身を投げた〜」っていうやつ……。ほんと、六〇年代末のGSブーム、あれはいったい何だったのでしょう……？タイガースはもはや別格として、私はショーケンのザ・テンプターズと赤松愛のオックスが特に好きだった。

2019年5月

青い目の力士浴衣の裾さばき

◉ジーヴス大好き◉旧友たち

四月三十日。東京駅近くで友人（ハンドバッグ・メーカー）の新作展示会があるので、バスで向かうと、銀座・有楽町駅付近は大変な人出。そうか、夕方から平成の天皇の退位礼正殿の儀があるので、皇居前広場へと向かう人たちなのだろう。案外、若い人たちも多い。平成から令和へ——カウントダウン気分？

その日は時折、細い雨が降っていた。三十年余り前の昭和天皇が亡くなった日も都心は小雨だったのでは？　崩御の翌日、取材で皇居前広場に行ってみたら、玉砂利が濡れていた。みな、黙々と歩いていて、玉砂利の音ばかりが響いていた。銀座もネオンの類いは消していて、こんなに暗い銀座を見るのは初めてだ——と思ったものだ。

あれから三十年余。平成はその言葉通りに、比較的、平らかな時代となった。右翼・左翼というイデオロギッシュな対立構造は曖昧になり、説得力を失った。平成の天皇・皇后には戦争責任はまったく無いのだった。「戦争を知らない子供たち」と誇らしげに歌いあげた戦後ベビーブーマーも今やジジババだし……。

そんな平成の三十年余の移り変わりの中で、平成の天皇・皇后は新しい皇室像を模索され続けてきた。「象徴」という何とも曖昧微妙な言葉の意味を探り続けてこられたと思う。上皇后となられた美智子さまには本来の明るさやおちゃめぽさをのびのびと発揮して頂きたいと思う。何しろイギリスのユーモラスで辛辣《しんらつ》でもある作家P・G・ウッドハウスのジーヴス・シリーズがお好きで、以

令和の初日、皇居・二重橋前には大勢の人が。

前、メディアからの「お供も警備もなしに一日を過ごせるとしたら、何をなさりたいですか?」といった問いに、「学生時代よく通った神保町の古書店で立ち読みをしたいと思います」と笑って答えた方なのだから。ジーヴス、私も大好きなんですよ!と、俄然、親近感。

そうそう。平成最後の『朝まで生テレビ!』で、生前退位についての論議の中、あるパネラーがフト洩《も》らした一言――「昭和天皇は三カ月余にわたる闘病の中で顔が炭のように黒くなっていた」というのがショックだった。そうだったのか……。そんなふうになってでも命をつないでいたのか……。平成の天皇の「生前退位」の御決断は正しかったと、あらためて思った。

さて、平成は終わり、令和ということになった。令和というのは字面《じづら》も響きもキレイだし、昭和の和も入っているので、いいネーミングだと思っているのだけれど、ちょっと困ったことに、私はついつい令和というのを今和《こんわ》と読んでしまうのだ。

というのは、明治生まれの建築学者に今《こん》和次郎（コンワではなくコン）という学者がいて、それ以前には無かった「考現学」というのを提唱し、発展させたのだった。ジャンパーにズック靴といったいでたちで、人びとの生活の細部を異様な程の熱意で調査し、分析。のちの人びとに大きな影響を与えた。荒俣宏原作の映画『帝都物語』（'88年）では、いとうせいこうが今和次郎を演じていた。

私は今和次郎を尊敬しているので、「令和」という字が目に入ると、ついつい「今和」と読んでしまうのだった……。

2019年5月

*

五月四日。ザッと三十年程前に知り合った名古屋在住のカヨちゃん（私より十五歳年下）と、大学時代に知り合って、今は名古屋在住の「思想家」呉智英《くれともふさ》（私はゴチエー先生と呼んでいる）に会うべく新幹線で名古屋へ。

名古屋には十一時に到着。改札口で待っていたカヨちゃんの案内で、地下鉄に乗って緑豊かな郊外の「聴松閣」という所へ。

所有していた伊藤家は、江戸時代（慶長十六年）に「いとう呉服店」として創業され、江戸にも進出、大正末には百貨店「松坂屋」としたという家柄。銀座の松坂屋は私もたびたび寄っていた。今は、ＧＩＮＺＡ ＳＩＸ。

さて、その「聴松閣」というのは松風の音を聴く――という意味のネーミングで昭和十二（一九三七）年に完成したものだという。全体にスッキリしていて、ところどころアールデコ風やインド風の遊びもあり、私は大いに気に入った。

さて、三時には名古屋駅に戻ってゴチエー先生と待ち合わせ。

三人でひとしきり雑談したあと、ゴチエー先生おすすめの熱田神宮の酔笑人《えようど》という神事を観に行く。熱田神宮は初めて。立派で大きな鳥居をくぐり、深い森の中、大勢の人たちと共に砂利道を進んで行く。あかりはすべて消してある。刻々と闇に。

やがて、闇の中のお宮のような所に白衣の神職が数名登場。息を呑むようにして見ていたら、神職たちは声を揃えて「ハハハ」というか「ホホホ」というか、笑い声のようなものを発するだけなのだ。

それはすぐに済んだので、「エッ、これだけ!?」と思ったら、見物の群れはゾロゾロと他の場所へと移動。そこでも神職たちは同じことを繰り返してみせた。どうやら、それでオワリらしい。こんな妙な、あっけない神事を観たのは初めて。

その間に闇は深くなっていて、迷子になったら困るので、私はカヨちゃんのブラウスの裾をシッカリと握って神宮をあとにしたのだった。

名古屋駅近くに戻って三人で夕食。ゴチエー先生の、お父さん大好きお母さん大嫌い話に、ヘエーッ!? 変わってるう——と驚き笑う私とカヨちゃん。ウケを狙って、というふうでもなかった。もっと話を聞きたかったのだけれど、帰りのキップも買ってあったので、二人を残してあたふたと駅へ。

さて、その翌日は久しぶりに門前仲町の富岡八幡宮の骨董《こっとう》市へ。

メディアでも大きく報道されたのだが、二〇一七年、富岡八幡宮では痛ましい事件が起きた。女性宮司とその運転手が実の弟（元・宮司）とその妻によって殺傷され、弟は妻を殺害後に自殺——という生ぐさい事件。それで富岡八幡宮の骨董市に行く気にもなれないでいたのだった。

以前よりちょっと規模は縮小した感じだったが、骨董市はやっぱり愉しく、戦前昭和の物とおぼしきセルロイド人形（五千円）をゲットして満足。

富岡八幡宮は相撲とも縁が深く、相撲関連の数かずの石碑がある。伊能忠敬が住んでいた地でもあるので銅像も建っている。この地の「深川八幡祭り」は江戸三大祭りの一つで、キンピカおみこしは日本一と言われているのだった。

さて、その翌日は千葉に住む、やっぱり大学時代以来の友人・T氏宅へ。奥さんは西洋アンティークのコレクターで、販売もしている。喜々としてブローチ二点をゲット。

というわけで、十連休も案外あわただしく過ぎて行った。

（2019年5月26日号）

◉何か打つ手は？◉今どきのネーミング◉『アメリカン・アニマルズ』

たんなる偶然なのか、それとも根拠ある必然なのか？　この一ヵ月の間に、高齢者による大きな交通事故があいついで起きた。

●四月後半、東京の池袋で八十七歳男性の乗用車が暴走（二人死亡、八人重軽傷）●さらに神戸で市営バスが暴走（二人死亡、六人重軽傷）、運転手は六十四歳のベテランだった●五月十日には群馬の山中でバスが転落（十二人が重軽傷）。運転手は六十六歳だった……。

こうまで頻発すると、年齢との因果関係を考えないわけにはいかないでしょう。どんなにベテランでも、今まで何の苦も無く、正しくできていたことができなくなる――ということがあるんですね。「老い」ってそういうものなんですね……。つらい事実。

そして五月八日には、大津で信号待ちの保育園児たちの列に五十二歳の女性が運転する乗用車が突っ込み、園児二人が死亡、一人が重体、十三人が重軽傷――という大惨事が。

園児たちは、たった二歳。なす術《すべ》も無い。運転女性は「前をよく見ず右折した」という趣旨の供述をしていたという。

その保育園には庭が無いので、園児たちを引率して近くを散歩させていたという。恥ずかしながら、私は今回初めて知ったのだけれど、今の保育園の多くはビルの中にあり、庭というものが無く、そのための散歩だったというのだ。そうだったのか……。

私は幼稚園には通ったけれど、保育園経験は無し。母が「専業主婦」だったからだ。女の人たちが子どもを持っても安心して仕事が続けられる保育園であってほしい。国をあげて、今回のこの悲惨な事故を教訓にしてほしい。税金がそのために生かされるなら、文句は言わない。何か打つ手は無いものか。

＊

何の番組だったか忘れてしまったが、先日、テレビでちょっとした豆知識を得た。

ファッション雑誌編集者だったかファッション評論家だったか、三十代くらいの男の人が出ていて、今どきのファッション用語を解説していたのだった。

それによると、私なんかの世代でいうところのジーパンは「デニム」、トレーナーは「スエット」、ジャンパーは「スイングトップ」という言い方になる。このへんまでは私でも十分承知しているのだが……今やポシェットやポーチは「サコッシュ」、パーカーは「フーディ」と呼ぶようになったというのは、エッ、そうなの⁉とちょっと驚いた。いつの間に⁉

驚くと同時に笑いがこみあげてきた。若い頃の私、ベストのことを「チョッキ」、タートルネックのことを「とっくり」、パフスリーブのことを「ちょうちん袖」、スラックスやパンツのことを「ズボン」と呼ぶ年長世代の人びとを古くさいとばかりバカにしていたのだった。

因果は巡る。もはや私も笑われる側の人種に？

でも、長年使い慣れた言葉はオイソレと変えられない。若い子たちにおもねるのもシャク。言葉の世界においても「若づくり」はカッコ悪いものだしね。

ちょっと論点はそれるのだけれど、一九六〇年代末から七〇年代初頭にかけてのファッションの変化はスゴイものだった。今にして思えば。

何と言ってもミニスカートの登場。スカート丈が一気に短くなって、ヒザは丸出し。ホットパンツなるものも流行。ミニ、ミディ、マキシ――と、スカート丈のバリエーションは、ヒザ上、ヒザ下、足首がかくれる程の長さまでと多彩に。百花繚乱《りょうらん》というやつ。わくわくしましたね、私。ホットパンツだけはさすがに遠慮したが。

それもオイルショック（'73年）の頃には急速に沈静化――。というわけで、あの時代のミニスカートほどインパクトの強いファッションは、いまだに登場していないような気がする。

＊

五月十七日公開の『アメリカン・アニマルズ』が面白い。

実話をもとにした映画。二〇〇四年にケンタッキー州の大学で起きた窃盗事件を芯にした話。犯人は大学生四人組で、それぞれプロの俳優が演じているのだが、ところどころ、実際に犯行に及んだメンバーが〝顔出し〟して、その時の心理だの手口だのをコメントしたり解説したりする場面がはさまれているところが新味。そしてまた、シロウトである彼らの外見やしゃべりかたなども、なかなか味わい深いのだ。

犯行のキッカケでありターゲットになったのは、大学の図書館の別室にガラスケース入りで所蔵されている『アメリカの鳥類』と題された古書。時価千二百万ドル（約十三億円）というもの。

いちおう良識的な家の子たちだから、手荒なことは好まない。入念な（？）変装までして、暴力を避けた紳士的な手口で盗んでみようとするのだが……という話。さすがにシロウトで、計画通りに事は運ばない。そのマヌケさに、ついつい笑わされてしまう。凝りすぎ（？）の変装シーンも楽しい。

そして、そんな悪事に走った若者たちのそれぞれの、若さゆえの屈託も伝わってきて、ちょっとばかり懐かしいような、せつないような気分にもさせられた。

主謀者の青年を演じたバリー・コーガンという俳優に注目。整っているのだけれど妙な顔だちなんですよ。アイルランド出身だそうだが、彫りが浅め。日本人にもいそうな顔だち。すでに『ダンケルク』や『聖なる鹿殺し』などに出演していて、私はそれらの映画を観ているのだが、パンフレットを読むまで気がつ

『アメリカン・アニマルズ』
DVD&Blu-ray
DVD ¥3,900（税抜）
Blu-ray ¥4,800（税抜）
発売元：カルチュア・パブリッシャーズ
販売元：ハピネット・メディアマーケティング
©AI Film LLC/Channel Four Television Corporation/American Animal Pictures Limited 2018

2019年5月

かなかった。私としたことが!?

監督のバート・レイトンはドキュメンタリー畑では実績があるという人で、長編ドラマはこれが初めてという。ドキュメント要素を取り入れて、イキイキとした面白い映画になった。ストーリーを追うという点では、ちょっとわかりづらいところもあるけれど。

この映画に出演した若手スターたちのこれからの成長も楽しみ。

そうそう。五月十八日からは、ドキュメンタリー界の長老フレデリック・ワイズマン（'30年生まれ）の『ニューヨーク公共図書館　エクス・リブリス』という、二百五分の長時間ドキュメンタリー映画が神保町の岩波ホールで公開される。

きちんと静かに座っていなければいけない図書館というものが苦手で敬遠ぎみの私ですが……。さすがニューヨーク公共図書館（NYPL）、内部の装飾や調度は宮殿のごとき豪華さ。スケールの大きさ。

このドキュメントの面白いところは、裏方である図書館職員たちの様子も克明に記録されているところ。さまざまな人種が集まっているニューヨークだけに、それぞれの文化に対応する図書や文献を充実させなければならないのだ。職員会議の様子はカジュアルで率直。さらに子どもから老人まで利用できる工夫やサービスが凝らされている。

とにかく長い映画だけれど、本好き、図書館好き、ニューヨーク好きにはオススメしたい映画です。

（2019年6月2日号）

◉グランプリ女優◉歌謡曲の頃◉屋久島と言えば

五月十二日。**京マチ子死す！**　九十五歳――。

この二月から、「京マチ子映画祭」と題して、京マチ子出演映画の回顧上映が全国各地で巡回上映されている。宣伝担当の方から依頼があり、私も京マチ子讃美の文章を寄稿したのだったが……。「巨星墜《お》つ」というのは普通、男の人にしか使わないものだが、京マチ子に関しては、使ってもいいような気がする。ただの美女じゃあない、風格もスケール感もあるのだから。

戦後昭和――一九五〇年代の日本映画界は凄かった。『羅生門』（'50年、黒澤明監督）、『雨月物語』（'53年、溝口健二監督）、『地獄門』（'53年、衣笠貞之助監督）が続々と国際的な賞を受賞していた。その三本いずれも京マチ子が大役を演じていたので、「グランプリ女優」と呼ばれた。当時まだ二十代。

私はまだ子どもだったのでリアルタイムではなく、大人になってから観たのだけれど、京マチ子は三船敏郎や森雅之、長谷川一夫といった大物を相手に、まったくヒケをとらない大物感や妖気を発散していることに驚いた。

メリハリのきいたグラマラスな体にハデな目鼻立ち。にもかかわらず下品な感じは無く、品格がある。ドラマティックな映画はもちろん、軽妙な喜劇（おもに市川崑映画）もこなした。

小津安二郎監督の『浮草』（'59年）における二代目・中村鴈治郎との雨中の罵《のの》り合いシーンも凄かった。

2019年5月

京マチ子は「巨星」だった…。

晴天場面を好み、感情をムキダシにする場面は避ける小津映画としては異色のシーンだったが、二人の演技によって、みごとに成功した。

鴈治郎は言うまでもなく、京マチ子の演技者としての底力——。

以前、友人情報で、「京マチ子さんは若尾文子さんや奈良岡朋子さんたちと同じマンションに住んで仲よく暮らしているようですよ」と聞いて、「男同士だったら一九三〇年代のフランス映画『旅路の果て』のように哀愁漂うかもしれないけれど、女同士だったら愉しいんじゃない?」なあんて言って、ふと、私も同業の女友だち何人かの顔が思い浮かんだりしたのだが……。

それにしても九十五歳……。あの生命力の輝きは本物だったのね。

＊

家の中で行方不明になっていた桑田佳祐のDVD『ひとり紅白歌合戦』が今頃になってみつかった。本の山の中にかくれていたのだった……。

さっそく再生。おもに一九七〇年代から八〇年代のヒット曲。松坂慶子「愛の水中花」、尾崎紀世彦「さよならをもう一度」、弘田三枝子「人形の家」、小林旭「熱き心に」、ちあきなおみ「喝采」、チューリップ「心の旅」、井上陽水「リバーサイドホテル」、荒井由実「ひこうき雲」、寺尾聰「ルビーの指環」、西城秀樹「ヤングマン」……。

この時代までは歌謡曲というものが厚みを持ってはやっていたのだ。TVでも歌番組がいくつもあったのだ。『夜のヒットスタジオ』とか『紅白歌のベストテン』とか。商店街でも喫茶店でもヒット曲を流していた。

それが今や歌謡曲というジャンルごと、ほぼ消滅と言っていいのでは？

私にとっての歌謡曲というのは、曲は言うまでもないけれど詞にも力があるもの。近頃の音楽は曲の力はあっても詞のほうは、あまりにも素人くさく幼稚。心情吐露はあっても描写に乏しく、芸が無い。素人くささというのは私も決して嫌いではないけれど、そればっかりというのは、つまらない。

一九七〇〜八〇年代の歌謡曲の詞には芸があった。情景や心理やドラマがリアルに伝わってきた。歌を聴くことによって、つかのま、その歌の描き出す世界や人物を疑似体験できたのだ。ひたれたのだ。そう思いませんか？

サザンオールスターズは昨年大みそかのＮＨＫ『紅白歌合戦』に四年ぶり、ＮＨＫホールでは三十五年ぶりに「特別枠」で出場。

桑田佳祐は「舞いあがった、やっちゃっていいんだね」と大いに喜び、「夢のような紅白でしたね」とコメントしていた。好き！

＊

五月十九日。鹿児島県の屋久島では記録的豪雨によって土砂崩れが起き、観光名所の縄文杉へと向かう登山口などに、一時、三百人以上が孤立。やがて、自衛隊や警察によって救助され、下山――と、新聞やTVが伝えていた。

全員無事でよかったと思うと同時に、屋久島の豪雨のすさまじさというものを想像せずにはいられなかった。

屋久島と言えば杉、特に縄文杉が有名だが、私は林芙美子原作、成瀬巳喜男監督、森雅之と高峰秀子共演の映画『浮雲』（'55年）を連想してしまう。ラストシーンは豪雨の屋久島だった。

物語の発端は戦時中。仏印（ベトナム）でタイピストをしていたゆき子（高峰秀子）は農林省の技師としてやって来た富岡（森雅之）と出会う。彼には日本に残してきた妻子がいるのだが、二人はズルズルと深みにはまる。

戦争が終わり、富岡は妻とは離婚すると言って帰国するのだが、遅れてゆき子が帰国し、富岡の家を訪ねると、富岡は離婚をしていなかった。ゆき子は仕方なく米兵の愛人になる。ゆき子と富岡は互いになじり合いながらも、キッパリとは別れられない……という具合で、以後えんえんと二人の妙な関係は続いていくのだ。そうして屋久島で、ようやく悲惨のような本望であるかのような別れを迎えるのだった――という、いわば「一大腐れ縁映画」。

これもリアルタイムでは観られなくて、のちにビデオだったかDVDだったかで観たのだが、ストレートに感動するというわけにはいかなかった。

私は森雅之のファンだったから、あまりにも女にだらしない役柄だったのでガッカリしたのだ。あとで思えば、それだけ森雅之は真に迫った演技だったということなのだけれど。

数年前、成瀬監督のことをもっと知りたいと思って『浮雲』を観直してみたら、だいぶ寛容な(?)気持で観られた。男と女の関係は、まったくもって不条理、理屈を超えたもの。何が「純愛」なのかわからない。

森雅之は黒澤明、溝口健二、成瀬巳喜男、川島雄三、今井正、吉村公三郎、市川崑など、そうそうたる監督たちに重用された。田中絹代、原節子、高峰秀子とも共演。日本映画が一番よかった時代にシリアスな役柄もコミカルな役柄も自在に演じた。昭和を代表する名優なのに、近頃、忘れられがちのような気がしてならない。

『羅生門』『雨月物語』では京マチ子とも共演している。

森雅之は一九一一年生まれ、一九七三年に六十二歳で亡くなった。

(2019年6月9日号)

◉美貌の炎鵬◉トランプ来たる!◉〝老い〟の日本映画

五月二十三日。**大相撲夏場所**(十二日目)を観に両国の国技館へ。

いつもより早めに家を出たつもりだったが、マス席にはすでに坪内祐三、南伸坊、泉麻人の三氏の姿が。前回もこのパターン。次回は思い切り早く出て、久しぶりに館内の相撲博物館も見ることにしよう。

やがて、細い通路を隔てた目の前のマス席に、スキンヘッド+Tシャツ+半パンツという姿の白人(英語で話していた)の大男が六人、ドドッとやって来た。体格がよすぎてマス席におさまり切らず、二人は通路に腰をおろし、脚（ヒザから下）だけマス席に入れる——というスタイル。

私は「お尻、痛くならないかなあ」と心配したのだが、まったく平気のようで、けっこう熱心に観戦していた。他の二人は隣の日本人カップルと同席。うまく、おさまっていた。

近くで、やたら大きな声で力士の名を叫んでいる人がいるので、そちらに目をやると、やっぱり少し年長らしきスキンヘッドなのだった。リーダー？　何か格闘技をやっている人たちなんだろうか？

なあんて気を取られているうちに土俵上ではスルスルと取組が進む。

昭和生まれで今は十両の安美錦、この秋には四十一歳（幕内現役では最年長）。見た目は他の関取とそんなに変わらない（今ちょっと幕下以下も調べてみたら、序ノ口の華吹《はなかぜ》という力士は四十九歳だという）。

今場所は何といっても、貴景勝の途中休場が痛い。四日目の対・御嶽海戦で勝った時に右膝にダメージを受け、五日目、八日目、九日目と出たものの、結局、十日目から休場ということに。スピード感、技、ガッツ、さらに「華」もある。今はただもう、シッカリ、養生してほしいと願うばかり。

以前にも書いたことだが、私、栃ノ心を応援している。ジョージア（昔はグルジアという呼称だった。グルジアのほうがいいのに！）出身の怪力自慢。肩から腕にかけて盛りあがった筋肉。ピンク怪人。同じ国の出身で大好きな映画監督オタール・イオセリアーニ（八十五歳！）に、ちょっと似ているし（特に長い鼻）……。栃ノ心、出だしは七連勝で絶好調だったのに、その後、失速。ガッカリ。

そうそう。今場所、幕内に上がってきた炎鵬。その四股名がそぐわない優美さ。色白でやさしい目鼻だち。土俵にスッと立った姿は日本人形。微妙な妖しさすら漂う。身長は一七〇センチにちょっと足りないくらいだとか。ということは、日本人の平均的な身長の男の人が土俵に立つと、あのくらい小さく見えるってことなのね――と思って、見ている。

＊

さて、その三日後の千秋楽。来日したアメリカのトランプ大統領夫妻が安倍首相夫妻と共に国技館を訪れ、観戦したわけですが……。

TVで観るかぎり、トランプ大統領は終始「なんだ、こりゃ⁉」状態でしたね。ほぼ仏頂面。ようやく笑みを洩らしたのは、表彰式で土俵に上がり、キンピカのカップを優勝した朝乃山に渡した時だけ。

おフランスの、かつての大統領、シラクさんとは大違い。シラクさんは日本文化が大好き、お相撲が大好きだったからね。異文化に興味を持ち、理解し、尊重する――そういう、「ふところの深さ」というものがあった。

アメリカ人でも「ヒョーショージョー」でおなじみだったパンアメリカン航空のデビッド・ジョーンズさんは、しんそこ相撲が好きで、この人が表彰式の場に立つと、場内、あたたかい笑いが起きた。相撲だけでなく歌舞伎や能も愛した人だったんですよね。ザッと半世紀ほど前の話。

話はトランプに戻る。そもそも、今回はなぜ貴賓席ではなくマス席に？　しかもイスを用意する大相撲夏場所で優勝した朝乃山に「米国大統領杯」を授与するトランプ米大統領。

という不自然なスタイルに？

『朝日新聞』の竹園記者の観戦記には、「見た目は一般のファンと変わらぬ私服の人たちも多かったが、歓声や拍手が少ない。警護関係者が多数交じっていたのかもしれない」とあった。うーん……確かに、あのイス席の周囲は妙に平静だったような気が……。

仏頂面のトランプ大統領とは対照的に安倍首相は満面の笑みで、しゃべりまくっていた（通訳に）。私としては、あんまり正視したくない気分。

トランプを見て、仏頂面というのも、人心掌握術としては、なかなか有効なものなんだなあ――とも思った。不機嫌に固まった顔を見ると、人は一種の不安に襲われ、何とかして、その固まった顔を崩したいと、無意識のうちに感じ取り、お世辞を使ったり冗談を言ったりして表情を崩させずにはいられないのだ。ほとんど防衛本能のごとく。

ドナルド・トランプという人、そういう（あえて言えば）弱者の心理を幼い時から熟知していたのだろう。財力や権力を持つ者は仏頂面を押し通しても決して嫌われない。むしろ、そういう人間が、たまに笑顔になったり、涙を流したりしたら、多くの人は喜び、親しみを感じ、「干《かん》天《てん》の慈雨」の如くありがたがるものなのだ――と、気づいていたのだろう。

そうそう。蛇足になるけれど、トランプ夫妻と安倍夫妻が退場する時、いい歳したオヤジたちが、一様に立ち上がってスマホをかざして撮影していたのは、見苦しかった。眼前に、ナマで見ているというのに！

「こんなに近くで見た！」という証拠にしたいのかな？　相手は、ガラは悪くても一国のトップなのだ、少しは遠慮したほうがいいのになあ、と思った。

＊

もっか、老いによる「認知症」をテーマにした日本映画があいついで公開されている。

一本は『**ばあばは、だいじょうぶ**』（ジャッキー・ウー監督）。冨士眞奈美がおばあさん役で主演。思いっきり美人意識を捨てた、狂乱の演技。

その昔――私が小学生の頃、ＮＨＫドラマ『この瞳』に主演。「なんてキレイな人なんだろう。ハーフなのかなあ？」と憧れたものです。それが十数年後には『細うで繁盛記』ではイジワルな女を、これでもかこれでもか的に演じていてビックリ。あんまり美人意識は無い人だったんだ……と尊敬したものです。だから、今回の映画の、ばあば役にも冨士眞奈美は全然抵抗は無かったのだろう。ラストはほのぼの。

もう一本は『**長いお別れ**』（中野量太監督）。主演は山﨑努で、元・中学校の校長。七十代に入って認知症に。それから亡くなるまでの七年間を追ったもの。

物心両面、たいした問題もなく、恵まれた家庭であっても、いずれ「死」という別れはやってくる。父の認知症は確実に進んでゆく……。

山﨑努は知的なインテリという感じを残しつつのボケ演技。黒澤明監督の『天国と地獄』（’63年）での闇の中の顔から、はるか半世紀以上か……。妻役の松原智恵子が、フワッとした演技でほほえましい。
タイトル通りおだやかで、ゆるゆるとした、人生の最終章――。

（2019年6月16日号）

毎日新聞には、コピーライターの仲畑貴志さんが選者になっている「仲畑流万能川柳」という欄がある。読者が投稿した川流に五七五を基本にした冗談俳句のようなもののコンテスト。

これが面白いんですよ。みんな巧いなあ、と感心させられる。当然のごとく常連投稿者がいる。そういう人たちは、もはや、その投稿欄のスターのようなもの。

そんな中で、この五月の頃、フッと笑ったのが、

「奇数月だけはボケない相撲好き」

――という句。そうなのよ、相撲の興行は奇数月に限定されているのよ。だから相撲好きは偶数月はダレて、奇数月は活気づくというわけ……。

さて、もう一句、

「天国に行けばこの世がふるさとか」

――っていうのも、いいじゃないですか。ナルホドね、と思う。

私も投稿したいなあと思って、しばし、考えたのだけど……何も浮かばず。ガッカリ。

日本ってやっぱりいいな、巷にこんな風流な遊びがあるんだもの――と思う。

2019年5月

2019年6月

梅雨寒やラジオ体操第二まで

◉豊かさの中で◉懐かしい流浪感

川崎市多摩区のスクールバス待合場所で起きた二十人殺傷事件から一週間が過ぎた。

あまりにも理不尽で残酷な事件だったので、私としては、すぐには文章にできる気分でもなかった。直後に自殺した、岩崎隆一容疑者の淋しいプロフィルを知った今でも、釈然としない。呑み込めない。

岩崎容疑者の成育環境を知れば、「死にたい」という気持はわからないでもないが、縁もゆかりもない、しかも幼い子たちを狙ったのは許せない。

平穏な家庭というのが、しんそこ憎らしかったのか？　たんに、抵抗するすべもない子どもなら殺しやすいという理由からなのか？　それとも父や母や世間への呪詛《じゅそ》なのか？

岩崎容疑者が五十一歳というのにはエッ!?と驚いた。事件の粗暴さから、てっきり若者と思っていたからだ。彼は定職につかない、いわゆる「ひきこもり」だったというが、そうか、今や「ひきこもり」は若いうちだけでなく、中高年までを含んでイメージしなくてはいけないんだな、とも気づかされた。

実際、「８０５０（ハチマルゴーマル）問題」という言葉もある。八十代の老親が五十代のひきこもりをかかえている問題。うーん……。かかえきれないよねえ、よっぽどのお金持でないと。

話はズレるけれど、一九八〇年代末だったか九〇年代初めだったか、その頃までは銀座の街角にも、たまに浮浪者や物乞いの人が見受けられたのだが、その後はまったく見られなくなった。つい一カ月ほど前、有楽町駅近くで、一人、物乞いの年輩者を見かけて「珍しいなあ」と驚いたほど。

さて、先日、友人と上野の東京都美術館の『クリムト展』を見に行ったのだが……上野の森を訪れるたび、私は七歳頃に見たある光景を思い出すのだ。線路近くの坂道にはバラックとも呼べないほどの粗末な寝ぐら（数本の棒を立て、ビニールや布を屋根および壁代わりに垂らしただけのもの）がいくつか並んでいて、「エーッ!? こういうお家《うち》もあるんだ。こういう生活もあるんだ……」と衝撃を受けたのだった。そんな光景は、じきに見ることはなくなったのだが。

そんな光景は恐怖だったが、その半面、あれだけの、いわば必要最低限の生活の中でも生きていけるんだという頼もしさも感じたように思う。

ビニールをかけただけのバラック生活も悲惨だが、世の中が豊かになればなったで、別種の悲惨が待ち構えていたのだった。ひきこもっていられるほどの豊かさの中で、「生」も「死」も生ま生ましさを失い、抽象的なものになった。

岩崎容疑者は、たぶん……次つぎと計画通りに子どもたちに襲いかかり、最後に自分を殺す中でも、リアルな実感というものは無かったのではないかと思ってしまう。

*

六月十四日公開の日本映画『**旅のおわり世界のはじまり**』をオススメしたい。

TVリポーターとして中央アジアのウズベキスタンを訪れた葉子（前田敦子）は、TVクルーと共に懸命に仕事をこなしながら、公私ともどもボンヤリとした不安や迷いを抱えている。

『旅のおわり世界のはじまり』
©2019「旅のおわり世界のはじまり」製作委員会／UZBEKKINO
配給：東京テアトル

ある日、仕事終わりに何となく一人で異郷の街に出て、その街並みや暮らしぶりを眺めながら、自分の胸のうちにあるものをみつめ直す……という話。

ウズベキスタンといえば、旧ソ連のもとにあった国だが、海に面しない内陸の、いわゆるシルクロードだった地。基本的にはイスラム教。イスラム圏の中では比較的、自由度は高いようだ。

日本とはまったく違う異国の風景や風物の面白さもさることながら、おずおずと一人で街をさまよう葉子の姿に、惹きこまれた。葉子は日本に恋人を残しての海外ロケ。現在の自分、そして近い将来の自分に関しても希望や不安、迷いも抱いている。見知らぬ街をひたすら歩きながら、その答えを見いだそうとしている——と、まあ、そんな話です。

前田敦子演じるヒロイン・葉子は、たぶん二十代半ばの設定。ちゃっかり言わせてもらえば、私もまた二十代半ばにヨーロッパ（おもにドイツ）を一人で旅した。二年ほど勤めていた出版社を辞め、（あまりに凡庸パターンなので恥ずかしいが）異国の地をさまよいながら自分をみつめ直したいと思ったのだ……。

というわけで、スクリーンを見ながらも、当時の自分の姿がたびたび重なって見えてしまった。全編に漂う放浪感というか流浪感というか、懐かしく胸にしみた。前田敦子の心のこもった演技。ラストの絶唱。胸に迫った。

映画の中で撮影スタッフを演じるのが、私が好きな俳優ばかり。加瀬亮、柄本時生、染谷将太。何しろ全員、映画好きの匂いがする俳優たちだからねえ。ナイスなキャスティングじゃないでしょうか。

そうそう。ウズベキスタンの首都タシケントのナヴォイ劇場という古風で立派な劇場が出てくる場面にハッとした。

第二次大戦後、ソ連の捕虜として抑留されていた日本兵が建設にかかわった劇場だという。何年か前、TVのドキュメンタリー番組で観たのは、この劇場だったのでは?とハッと気づいた。帰宅して調べたら、やっぱりそうだった。

（2019年6月23日号）

◉第二の世間◉あれから三十年◉チコちゃん本

川崎市の二十人殺傷事件に続き、痛ましいニュースに接することになった。

元・エリート官僚（農林水産事務次官）で七十六歳の父親が、引きこもりで暴力をふるう四十四歳の長男を殺害し、警察に自首。連行される様子はハッキリと報道陣によって撮影されていた。顔をかくすこともなく、まさに「観念」したかのような静かな面持《おもも》ち。いや、すべての感情を失い、奇妙なおだやかさの中にいるようにも見えた。

衝動的なものではなく、考えに考えたうえでの犯行。そこには川崎で起きた無差別殺傷事件への怖《おそ》れも大いにあったようだ。ひとに危害を加えるその前に、親としての責任を取ろう――というような。

メディアの続報によって、殺された長男のプロフィルもだんだんわかってきた。優秀な官僚であった父親は、長男の自慢であり誇りであった。父親のようにエリートとして生きられない自分をもてあまし、母親を憎んだ。部屋に引きこもり、ネットの世界に逃げ込むことで、辛うじてプライドを守ってきたようだ。そうしていつのまにか四十四歳に……。

まず思うのは、四十代という中年（健康体）になっても親もとで引きこもっていられるという、この国の相対的豊かさ。懸命に働いて一家を支えてきた親を恨むなんて逆恨みというものではないか。親と考えが違うのだったら、サッサと家を出て自力で生活すればいいのだ。

健康な男子だったら、親と考えで衝突したら、下積み生活もいとわず働いて、自分の生活を支えていくものだ……と私は思うのだが（エラソーに言うけど、女の私だってそうしたのだ）、時代は変わったのか。子どもは親に寄生することを恥じず、親もまた子どもを手放したがらない。それでお互い死ぬまで巧くいっていれば、それはそれで結構だろうが。

ネット空間に関しては、私はまったくの無知だが、今回の事件で、「ああ、ネットというのは第二の〝世間〟なんだなあ」と痛感した。殺された四十四歳の息子は、リアルな「世間」では敗退したものの、ネットの中の「世間」では尊大と思える程の自信とプライドを持てたのだろうか。現実生活は完全に親の庇護《ひご》のもとにある「引きこもり」であっても、ネットの中では一人前以上の気分だったのだろうか。しばらくはその快感に酔いながらも、ネットという「世間」に傷ついたり、物足りなさを感じたりしたこともあったのだろうか。その憤懣《ふんまん》が母親への暴力へとつながったのかもしれない。

ネットというバーチャルな「世間」が成熟するには、まだまだ時間がかかりそう。

*

六月九日（日曜日）の夜。NHKスペシャル『天安門事件　運命を決めた五十日』を感慨深く観た。

中国の天安門事件は一九八九年（日本では平成元年）、北京の天安門広場に民主化を求めて詰めかけたデモ隊が、軍隊によって武力制圧（機銃掃射）された事件。死者の数は不明だが、少なくとも数百人以上と言われている。

香港で続く大規模な民主化デモ。

この時、中国共産党中央軍事委のトップに君臨していたのが、激烈な権力闘争の中で何度も失脚しながらも勝ち抜いてきた鄧小平《とうしようへい》。とても小柄でカワイイ顔立ちの人だが、まったくもって「くえないオヤジ」なのだ。天安門事件では武力弾圧を後押《あとお》しした。マキャベリズムって言うんですか、「目的のためには手段を選ばない」という考え。

今の中国の経済的発展を、当時すでに見通していたのだろうか。この番組では、天安門事件に関する鄧小平の発言――「二百人の死が中国に二十年の安定をもたらすだろう」が紹介されていた。その中国は今や世界第二の経済大国だ。「言論の自由」は別として。うーん……（ほぼ感心）。

2019年6月

鄧小平は一九九七年に九十二歳で亡くなった。

天安門事件当時、学生リーダーで当局の監視を受け続けてきた男の人は、「運動からいっさい手を引いた。天安門事件は夢のよう」と語っていた……と書いていたら、TVでは香港発、緊迫のニュースが……！

＊

近くの書店をふらついていて、買ったのが、『チコちゃんに叱られる！』と題した大小二冊の本。NHKの、もはや人気番組となった『チコちゃんに叱られる！』で展開される質問と解答の数かずを紹介したもの。大判のほうは、『チコちゃんに叱られる！』制作班が編集したもので、Q＆A方式の読みものだが、図版もたっぷり（一一〇〇円＋税）。小判のほうは住吉リョウによるマンガ仕立て（五五六円＋税）。両方、買う。

大判の『チコちゃんに叱られる！』では冒頭にこんなプロフィルが。

チコちゃんの年齢は「永遠の5歳」。住所は「東京の高級住宅地　港区白金」。好きな食べものは「あらびきウィンナー」などとある。私がヒイキにしているカラスのキョエちゃんは「別名〝江戸川の黒い鳥〟」とあった。

チコちゃんとキョエちゃん、CGを多用しているのはわかるものの、いったいどうやって？という詳細は明らかにされていない。私なんぞCGに関して無知だから、ただもう驚いているばかり。音声は別人のシャベリを、周波数を変えて（？）流しているんだな、とは思うけれど……。

全部で十七問あり、その回答が図版入りで載せられている。
「人と別れるとき、なぜ手を振る?」とか「右利きの人が多いのはなぜ?」とか「なぜ『男』と『女』がいる?」とか。

ほんと、いざ正面切って聞かれたら、すぐには答えられない質問ばかり。「なぜ?」なんて思わず、そういうものとしてスンナリ受けいれてきたことばかり。チコちゃん的に、正面切って、「なぜ?」というのを探したら、実はこの世は「なぜ」ばかりだよね……と、あらためて気づかされる。

最もエエーッ!?と驚かされたのは「なぜ『男』と『女』がいる?」という質問に対する生物学者・福岡伸一教授による回答。

「男と女、つまり性の違いが現れたのは、生命が誕生してだいぶ経ってから。それまで世界には、メスしかいなかったんですよ」と、のっけからビックリ発言。

今からおよそ三十八億年前、地球最古の生命(微生物)が誕生した頃から説き起こしていて、その最古の生命の性別はメスだったというのだ。そのメスは分裂をすることによって数を増やしていったのだが、二十億年近く続いた頃、地球に環境変化があり、絶滅の危機にさらされた……そこでその対策として、オスというものがようやっと誕生したというのだ……(雑な要約で申し訳ない)。

そんなことも知らずに生きてきた私ですが、何となく、ほんとうに何となく、「女のほうがしぶとい」という感覚は、ずうっとありましたね。種の保存をめざす力――謎はさらに深まったが。

あっそうそうと、わざとらしく思い出しますが、私の最新刊『いくつになっても――トシヨリ生活の愉しみ』が発売ということに。南伸坊さん担当の表紙、超かわいい。

(2019年6月30日号)

◉今どきのビル街◉あの天才の話◉つわものどもが…

いきなり愚痴で御免なさい。ごく私的な憤懣をぶちまけてからでないと先に進めないような気がするので書く。読み飛ばしてくださっても結構です。

数日前の夕方。五反田で試写会があり、案内ハガキを手に早めに出かけた。五反田のその試写室に行くのは久しぶり（十年ぶり？）だったので。

五反田駅で下車した段階から、「あれっ!?」とイヤな予感。まったく知らない街のように風景が変わっていたので。それでも住所を頼りにズンズン歩いて行って、すぐ近くとおぼしき住所にたどりついたのに、その先は番地が大きく飛んでいるんですよ。風景も記憶にあるのと全然違って大きなビルが林立している（以前は小さなビルや店が並んでいたのに）。ビル街って、ちょっとまちがうとムダにたくさん歩かされるのよね……。

ようやく小さなクリーニング店をみつけ、試写室の住所を言って道をたずねることができたものの、番地が飛んでいて、どうしても目当ての番地にはたどりつけない。もう一度、誰かに道をたずねようとしても、歩いているのはサラリーマンぽい人ばかり。ビル（これがまた似たような四角いビルばかり）の受付の人に聞いても地元の人ではないからわからないはず。昔は地元の商店がいくつもあったのに！

というわけで、むなしくビルとビルの間を行ったり来たり。あたりはすでに薄暗くなっている。私、泣きそう。

すでに試写会の上映時間が差し迫っていた。もう、ムリ。「刀折れ矢尽きる」気分でむなしく帰宅。

「私は地図の読めない女」と激しく自分を責めながらも、理不尽な怒りが湧いてきた。

今どきのビルは昔と違って、スマートに、何の会社か大きく明記しないようになっている。屋上やビル脇の（会社名を記した）ネオンなんていうものもなくなった。ひと目でどこの会社のビルというのがわかりづらくなった。

私のようなカンの鈍い人間にとっては不親切とも言える。ちょっとまちがえると大きなビルをグルリと回ることになる。ムダに歩かされる（他の人たちはどうやってちゃんとたどりつけたのだろう？）。

少しばかりダサくても、わかりやすいほうがいいな、私は。

＊

六月十三日、夜。Ｅテレで『フランケンシュタインの誘惑』という魅力的なタイトルの番組があった。興味を惹かれて観ると、イギリスの天才数学者アラン・チューリングの話だった。

二〇一五年にこの異常天才を主人公にした映画『イミテーション・ゲーム　エニグマと天才数学者の秘密』を面白く観たので、アラン・チューリングのことは少しは知っていたのだけれど、実際の彼は映画の中の彼（私のヒイキ俳優、ベネディクト・カンバーバッチ）よりも、さらにクセの強い大奇人だったようだ。

第二次大戦下、イギリス政府に命じられてドイツ軍の暗号（エニグマ）の解読を担当。みごとに解読に成功し、イギリスを勝利に導いた。さらにコンピューターの実現も予測していた。七十年も昔に！

映画版でもいちおう描写されていたが、同性愛者だった。七十年も前の、その時代には同性愛は風俗壊乱罪と見なされ、逮捕され、ホルモン療法の名のもとに性的能力を奪われるという悲惨なことに。四十一歳で死去（自殺説と事故説の両方あり）。長生きしていたら、世の中、どうなっていただろうと、こう書いていたら、映画『イミテーション・ゲーム』、もう一度、観直したいなあ！ という気持がフツフツと。

＊

七月五日から公開のアメリカ映画『ゴールデン・リバー』は近頃では珍しく感じられる西部劇。十九世紀半ば、ゴールドラッシュに沸くカリフォルニアで一攫千金《いっかく》を狙う男たち四人の物語。

この四人に扮《ふん》する俳優たちのキャスティングからして、いいのよ。

①悪相ともファニーフェイスとも見える、踏みつぶされたような顔が印象的なジョン・C・ライリー、②その弟役がホアキン・フェニックス（もはや急死したリバー・フェニックスの弟とは言わせない演技派に）、③兄弟の仲間役が、映画一家で少年時代から映画出演していたジェイク・ギレンホール、④なりゆきで仲間に加わる自称「化学者」役が、イギリス出身で作家やラッパーとしても活躍しているリズ・アーメッド――。

『ゴールデン・リバー』
DVD ¥3,800（税抜）
発売・販売元：ギャガ
©2018 Why Not Productions.

この四人が、互いに怪しみながらも力を合わせ、金脈を探し当てようとするのだが……という話。

西部劇に詳しくも何でもないのだけれど、ゴールドラッシュを背景にした西部劇というのを珍しく思った。

荒々しく、ドロまみれの男たちの中で、「金を見分ける薬の化学式を発見した」とクールに語る自称・化学者役のリズ・アーメッドが新鮮な面白い人物造型だ。

ホアキン・フェニックスとジェイク・ギレンホールが、共に似たようなヒゲ面なのが、ちょっとまぎらわしいのが難だが、巧くて味のある俳優たちによる、まさに血と汗と涙のアメリカン・ドリーム。面白く観た。終盤は「つわものどもが夢の跡」という感触も。

監督・脚本はフランス人のジャック・オーディアール。『真夜中のピアニスト』（'05年）の監督・脚本を手がけた人。一九五二年生まれの六十七歳。さすが老練。

もう一本。ガラリと変わって男と女の物語だけれど、六月二十八日公開のポーランド映画『COLD WAR あの歌、2つの心』も味わい深く胸にしみた。モノクロの映像も効果をあげていると思う。

タイトルにもある通り、コールド・ウォー（冷戦）の一九五〇年代をおもな時代背景にした男と女の物語。

ポーランドでは国立の舞踊団を立ちあげるために、まずは団員を選抜して養成することになる。

ピアニストのヴィクトルの目を引いたのが、ズーラというヒトクセありそうな美少女。実は父親殺しで執行猶予中という問題児だが、才能たっぷり。

というわけで二人はやがて激しい恋に落ちるのだが、冷戦のさなかでも西側の音楽への憧れを捨てられないヴィクトルはパリへと亡命する。そこから二人の、一筋縄ではいかない関係がエンエンと続いてゆくのだった——という話。

中心人物の男女二人が、美男美女という程のことはないのだけれど、とても巧くて味があるんですよね。

国家によってさえぎられたり、望みがかなって二人の生活が始まったりしても何か満たされなかったり、気持がすれ違ったり。くっついたり離れたり。それでもやっぱり互いに求め合わずにいられない……。日本の成瀬巳喜男監督の『浮雲』も連想させる。

そんな関係がみごとに表現されているのだった。深読みするなら亡命者と祖国との愛憎関係のようにも思える。

映画のラストで、監督は自身の「父と母にこの映画を捧げる」——という字幕を入れていた。両親をモデルにした物語とも思われるし、その時代を生きた人たちへの挽歌《ばんか》のようでもある。


（2019年7月7日号）

◉「ガロ」の時代◉怪人・トリロー◉LGBTの聖地

「さよならだけが人生だ」——というのは昭和の作家・井伏鱒二の有名な訳詩の一節だけれど、ほんと、年を重ねると、この言葉が身にしみます。いろんな意味で。

私も、振り返るには十分な年になったので、一年くらい前からだったかな、雑誌ライターとしての自分の仕事史を書き出しているのだけれど、なにぶんにもズボラな性格ゆえ、自分の「作品」をキチンと整理・保存してこなかったので「何が何やら」状態。思い出すのに四苦八苦。

そんな中、『私のイラストレーション史1960―1980』（南伸坊著、亜紀書房）という本が送られてきた。

南さんは中二の時に和田誠さんによる煙草の広告を見て、「オレはこういうおもしろい仕事をする！」と心に決め、高校生の時には東京オリンピックのポスターをデザインしたのが亀倉雄策という人だと知り、高校の近くの神保町の古本屋巡りをして立ち読み立ち見をしていたという。尖端《せんたん》的な美術学校だった「美学校」の話、『ガロ』編集部の話など、ごく身近な話として、興奮して読んだ。

一九七〇年代初頭、私は神保町近くの出版社に勤めていて、古書店などに置かれた「美学校」の生徒募集のチラシを入手。だいぶ迷ったのだけれど、自分の画力に自信がなく、生徒になるのはあきらめたのだった……。口惜しいけれど、正しい判断だったと思う。

『私のイラストレーション史』の後半は、南さんが青林堂の社員として雑誌『ガロ』の編集にあたっていた頃の話。

『ガロ』は私が高校三年生の時に創刊されて、私が尊敬していた年長世代の人たちの間で「白土三平の『カムイ伝』は唯物史観にのっとっている」と讃美されていたので、興味を持って読み始め、大学に入った頃は滝田ゆう、つげ義春、水木しげるのほうに耽溺《たんでき》するようになっていた。

青林堂に直接、本を買いに行ったこともあった。ちょっと変わった輪郭の顔の編集者がいた。あれは若き日の南さんだったのね……。

十数年前だったろうか、『文藝春秋』のグラビアページで、一九七〇年代前半の頃の『ガロ』関係者数人の写真が掲載されていた。南伸坊さんも呉智英センセーも肩まで届く長髪だったので、私は爆笑。当時の呉智英センセーは大変な「毛髪資産」の持ち主だったんですよー。若者の多くが長髪だった頃……。流行は繰り返すと言うけれど、あんな長髪時代は、その後、ないですね。

＊

一九八〇年代半ば。自分の著書が出せるようになった頃、「肩書は？」と聞かれることが多くなり、だいぶ迷った末に「コラムニスト」と答えることにした。「随筆家」とか「エッセイスト」と名乗るのは、何となくシックリこず、テレくさかったので。

それ以前に「コラムニスト」と名乗っていたのは、私の記憶では青木雨彦さんくらいだったと思う。ミステリ評論を中心に、新聞などで、息抜きになるような軽妙な短文を書いていた人。私より一回りちょっと上の世代の人だった。

私は（見かけによらず？）下戸《げこ》なので、酒場人脈というのもないのだが、仕事を通じて、同業のコラムニスト・泉麻人さんと何度か顔を合わせるようになった。

最新刊『冗談音楽の怪人・三木鶏郎――ラジオとCMソングの戦後史』（新潮選書）はサブタイトルにあるように、「ラジオとCMソングの戦後史」を貴重な資料写真も添えて描き出したもの。

泉さんがＴＶではなくラジオの時代に注目したというのが、まず、意外。十歳程、年長の私だってラジオの記憶は乏しく、ＴＶの記憶ばかりだもの。三木鶏郎《とりろう》は名前だけは知っていたけれど、その業績に関してはよく知らないのだった。

今回、この本を読んで、三木鶏郎の才人ぶり、大物ぶりに驚かされた。私が子どもの頃になじんだＣＭソングの数かず、好きだったコメディ俳優たち、なつかしのＴＶ番組など、みんなみんな三木鶏郎が絡んでいるのだった！

著者は、その時代をリアルには知らない世代なのに、三木鶏郎という大器に出会って、どんどん深みにはまり、三百ページ超の厚い本になったのだろう――その気持もわかる。とりわけ、嬉しかったのは、終盤に逗子とんぼについて、かなり詳しく書かれていたこと。ＴＶ草創期（チャンネルは三局しかなかった）、ＮＨＫで『おいらの町』というコメディをやっていて、私はこれが好きだった（隣町は「きみの町」ね。テーマソングもおぼえている）。

おデブの千葉信男やキザな教師役の藤村有弘（喫茶店で必ず「モカちょうだい、モカ」と言う）と共に、高校生役で逗子とんぼが出ていて、いかにも人がよさそうで、あわて者ぽいところが面白かったのだ。後年、北野武映画『ソナチネ』でヤクザの親分役に起用されているのを見た時は嬉しかった。浅草芸人として健在だったのね、と。逗子とんぼという芸名は三木鶏郎が命名したものだったという。

とにかく、戦後昭和の明朗な音楽とバラエティの数かずは、みーんな、と言ったら大ゲサかもしれないけれど、三木鶏郎がらみなのだった。

三木鶏郎は一九九四年十月七日、八十歳で亡くなった。悠々たる人生――。

2019年6月

＊

十年くらい前、仕事で知り合った伏見憲明さんからも近著が送られてきた。『新宿二丁目』（新潮新書）と題された本。表紙に巻かれたオビには「ＬＧＢＴの聖地は、いつ、なぜ、どのようにして、生まれたのか。」「決定的かつ魅惑の街場論」とある。

伏見さんは一九六三年生まれの、同性愛者。私は同性愛というのにはあまり興味はなく、何をテーマに顔を合わせたのか、すっかり忘れてしまったのだが、妙に気が合って、エンエンとしゃべり合った。おだやかだけれど芯の強そうな人柄。

一気読みさせられた三冊。

ニュースなどで同性愛がとりあげられたりすると、「そう言えば伏見さん、どうしてるのかなあ」と思い出したりしていた。今回、この『新宿二丁目』という本で、二〇一三年から新宿二丁目で「A Day In The Life」という店を経営しているということを知った。

新宿二丁目はゲイバーが三百軒超もあるという。冒頭に、新宿二丁目の位置関係が、説明入りの地図二点で示されているのが、ありがたい。

大学時代から新宿のゴールデン街には（下戸のくせして）何度も足を運んだものだけれど、二丁目には、たまにしか行かない。しかもゲイバーではない、普通のバーなので、「ＬＧＢＴの聖地」と言われても、あんまりピンとこなかったのだが……。今や「ＬＧＢＴ関係のバーが四〇

○軒以上、この広いとはいえないエリアに集まっている」という。
そんな街の歴史と、ゲイバー史に残るスター的なゲイたちの姿を確かな文章で記録。部外者が読んでも面白い。

（2019年7月14日号）

◉おいしい仕事？◉老ギャングたち◉まぼろしの横丁

もっか吉本興業のお笑い芸人の「闇営業」問題でTVは騒然。

今は暴力団とかヤクザと言わない。「反社会的勢力」と言うようになった。今回、TVは略して「反社」なんて言っていた。

昭和の時代では「反社会的勢力」と芸能人との密な関係は常識のようなものだった。

最もよく知られていたのが、美空ひばりと山口組。昔は地方巡業とか興行は、その地の「反社」抜きには成り立たないということも多かったのだろう。芸能人に限らず、サーカスの興行などにおいても。

今回、暴力団の集まりで「闇営業」に走ったお笑い芸人たちの中には、ほんとうに「反社会的勢力」とは知らずに引き受けてしまった者もいるのかもしれない。「おいしい仕事」は、まず疑ってかからないとね。

正直言って、「カラテカ」は入江慎也だけで、コンビの矢部太郎が絡んでなかったので、私は胸を撫でおろしました。コンビ解散？　矢部太郎、この先どうするのだろう。私としては、絵と文章

2019年6月

の世界で頑張ってくれるほうが嬉しい。「個性派俳優」という道も歓迎。

反社会的勢力が相手の闇営業では、（私には見当もつかないが）普通の「営業」よりギャラはよかったに違いない。しかも、有名芸能人というだけで笑ってくれる、つまり、甘い客を相手の仕事は「芸を荒らす」ということにならないか？　やっぱり身銭を切って観に来てくれるフツーの客のほうをたいせつにしないと……なあんて思ってしまうのだけれど。余計なお世話か。

＊

七月十二日公開の映画『さらば愛しきアウトロー』にビックリ。

ロバート・レッドフォード（'36年生まれ）が主演。私は久しぶりに見た。いやー、凄い。遠目はスラリと若々しく頭部は金髪フサフサなのだが、顔面アップになるとシワだらけ。太いシワ、細いシワ、タテのシワ、ヨコのシワ……その複雑さに目がクギヅケ。顔面筋肉がどう走っているのかが、よくわかる。

『明日に向って撃て！』（'69年）のサンダンス・キッドが、『スティング』（'73年）のジョニー・フッカーが、『華麗なるギャツビー』（'74年）のギャツビーが、こうなるものなのか……。

金髪のせいか、なんだかちょっと、トランプ大統領を連想させるところもあるのよね。ってことは、トランプも若い頃はロバート・レッドフォードぽかったっていうこと!?（そう思うと何となくシャクにさわる）。

というわけで、久々のロバート・レッドフォードには終始、違和感を持ってしまったものの、こ

『さらば愛しきアウトロー』
Blu-ray&DVD 2020年1月22日（水）発売予定
Blu-ray：¥4,800（税抜）
DVD：¥3,800（税抜）
発売元：バップ
©2018 Old Man Distribution, LLC. All rights reserved.

の映画、話は面白いし、脇のキャスティングもいいんですよ。

一九八〇年代初頭に実在した銀行強盗の話。誰ひとり傷つけず、紳士的に礼儀正しく、次々と大金を奪っていったフォレスト・タッカーという男と、その仲間たち……。強盗というより詐欺師に近いかも。

強盗仲間を演じるのが、黒人のダニー・グローヴァー（七十二歳）と、トム・ウェイツ（六十九歳）というのがシブイでしょ。そうなのよ、ジイサンばかりの強盗団なのよ。手荒なことはしないというか、できないというか。というわけで、ゆる～い笑いも誘う。アメリカの田舎町の風物も味わいどころ。おすすめします。

ロバート・レッドフォードはこの映画をもって引退すると表明。監督は一九八〇年生まれのデヴィッド・ロウリー。静かな佳作の『ア・ゴースト・ストーリー』（'17年）を監督した人だ。

さて、ガラリ変わって中東を舞台にした『**存在のない子供たち**』という映画も紹介したい。舞台は中東のレバノン。首都ベイルートの難民密集地域で生まれ育った十二歳の少年の物語をドキュメンタリー・タッチで描いたもの。

とにかく、もう、何と言ったらいいのか、「圧倒的貧困」というのはこういうものかと溜め息が出る。怒りすら感じる。とりわけ無責任で無分別な男たちに対して。「避妊しろー、避妊を！」と叫び出したくなる。貧しい国ほど男が威張っているのね……と、やっぱり思う。

2019年6月

ドキュメンタリーではないけれど、ほぼそれに近い現実を題材にしているという。主役少年からして貧困地域に生まれ育った子だという。

この子がとてもかわいい。その表情や動作に目を奪われる。ドキュメンタリー・タッチの〝社会派〟的な貧乏映画というのは、私としては特に観たいものではないのだけれど、この少年の魅力によって最後まで白けることなく観てしまった。

＊

六月二十七日、夜。神楽坂の和食店で女子会（？）あり。地下鉄の神楽坂駅で下車、坂をくだって本多横丁そばの、その店に。

本多横丁を歩くのは、ほんとうに久しぶり。何十年ぶりだろうか。まったく様変わりしていたのでビックリ。飲食店が増えた。オシャレになった。ニギヤカになった。

一九七〇年代の頃、友人に連れられて本多横丁のバー「A」に行くようになり、やがて、同世代のカップル（その後、結婚。今でも親しくしている）と知り合い、バーの近くの雀荘「F」でたびたびマージャンをするようになった。

恥ずかしながら朝までマージャンということも。メンバーが揃わない時は、雀荘のオヤジさんが喜々として参加。

その頃の本多横丁は長屋のごとく小さめの二、三階建て家屋が並んでいて、バーとラブホテルがポツポツとあるような通りだった。

雀荘「F」も、間口はそんなに広くない三階建てで、一階はバー、二階が雀荘、三階がオヤジ一家の住まい——というふうになっていた。

どうやら、そのオヤジさんは神楽坂の料亭の息子で、そこそこお坊ちゃん暮らしだったようだ。それが戦争に駆り出され、戦地（どこと言っていたかなあ……）で、だいぶ辛い思いをしたらしい。

メンバーが揃うのを待っていると、時どきそういう思い出話をしてくれたのだったが……若かった私は「ふうん」とばかり聞き流していた。もっとちゃんと聞いておけばよかった。

しょっちゅう行っていたのに、今回、その雀荘の位置も特定できなかった。

あとでスマホでチェックしてみたら、本多横丁は「神楽坂で最も大きい横丁」「飲食店を中心に50軒以上の店舗が立ち並ぶ」「江戸中期から明治の初期まで、この通りの東側全域が本多家の屋敷であり、〝本多修理屋敷脇横町通り〟と呼ばれていた」という。今頃になって、やっと知った。由緒ある通りだったのね。

駆け出しのライターで、あてどもなく家を出て一人暮らしをスタート。雀荘近くの（いちおうマンションと称していたが）アパートに住んでいた頃の私が、ゴーストのごとく路地のあちこちをさまよっているように感じられた。


（2019年7月21日号）

京橋に用事があって、路地を歩いていたら、右がわに小さな画廊が見えた。大きなガラス窓を何気なく見たら、そこに、ごく親しい友だちのMちゃんの姿が。互いに「エッ!?」と驚く。その画廊では洋画家・脇田和の遺作展を開催中で、脇田和の絵が好きなMちゃんは見に来ていたというわけ。

私も脇田和の絵を好もしく思っていたので、ギャラリーに入って拝見。うーん……やっぱり欲しくなって、小さめの、墨色の一筆描きみたいな、羊の絵をさんざん迷ったあげく〝お買い上げ〟。九万円なり。

後日、その絵が届いた。さて、額はどうしよう。手持ちの額はサイズが合わないので、銀座・伊東屋に行って額探し。さんざん迷ったあげくシンプルな赤の額を選んだ。

あらためて額探しというのも楽しいもんだなあ、と思った。好きで捨てられなかった刺繍のハギレとか、レースのハンカチーフとか、たいせつな写真とかも、額に入れたら引き立つんじゃないか?

——と言う前に、この乱雑部屋、片付けないとね。

2019年7月

門前町ものほし竿に浴衣ゆれ

◉懐かしい歌◉チコちゃんグッズ◉注目映画

七月六日。ボンヤリとTVをザッピングしていたら、おっと、胸かきむしられる懐かしい歌が。太田裕美が歌う「木綿のハンカチーフ」！

確認すると、NHK・BSプレミアム『名盤ドキュメント　太田裕美「心が風邪をひいた日」木綿のハンカチーフ誕生の秘密』という一時間番組なのだった（再放送）。「木綿のハンカチーフ」が大ヒットしたのは一九七五年というので唖然。あれからもう四十四年とは……。何という歳月！

御存知のように（？）都会に出ていった青年と地方にとどまった女の子との言葉のやりとりという画期的なスタイルで、初恋が崩れ去ってゆく様を描いている。太田裕美の甘みも苦みもある歌い方も絶妙で、胸にしみた。

私自身はそういうシチュエーションの恋とは無縁だったのに、ういういしく素朴な恋の崩壊の「物語」にドップリとはまったのだった。かりそめの「物語」に酔う、これぞ歌謡曲の醍醐《だいごみ》味とばかり。

作詞は（当時）若手としてバリバリ売り出していた松本隆。作曲は天才・筒美京平――という黄金コンビ。二人が語る制作秘話に、ああ、そこまで細心に考えて作られたものだったんだ……と、あらためてプロの凄みをかみしめた。

一九七〇年代半ばは、まだ「都会」と「地方」との違いは少なからずあったはず（東北新幹線開業は一九八二年）。私は駆け出しの雑誌ライターで、風呂なしアパートでの一人暮らしを始めていた。オイルショックというのもあって、世間は沈滞ムードだったように思う（その割には『世界の一流品大図鑑』というムック本がヒットしていたりして、ブランド・ブームの先駆けになったが）。「木綿のハンカチーフ」を聴くと、そんな先行きの見えない日々も思い出す。

＊

先日、妹と松屋銀座に寄ったら、八階のイベントスクエアで『「チコちゃんに叱られる！」銀座祭り』というのをやっていた。

いやー、NHKの『チコちゃん……』大人気なのね。チコちゃんと（カラスの）キョエちゃん関連のグッズがいろいろ展示・販売されていた。平日の昼間ということもあってか、九割方、女性客。子連れの若いお母さんからバアサンまで。私はイジワル顔のカラスのキョエちゃんが好きなので、小さめのぬいぐるみと、キョエちゃんが描かれたオレンジ色の小さめトートバッグを買った。喜々として。

『チコちゃん……』のどこが楽しいかというと、日常生活の中で、ごく当たり前のこととしてなじんでいる事柄に、あらためて「なぜ？」という疑問を投げかけるところだ。よくまあ、そういう疑問を思いついたもんだなあ、と感心してしまう。

回答のくだりでは、妙に感動させられることが多い。先人たちの、生活の中のさまざまな場面にこめられた知恵や工夫、祈りや希望。そういうものに、あらためて気づかされる。

昔ながらの家の庭先――というセットも心なごむ。それにしても物干しザオの上のキョエちゃん、どうやって操作されているんだろう？　そしてまた、なぜキョエというネーミングなんだろう？　疑問は尽きない。

＊

明らかに記憶力が減退している。好きだった映画のタイトルやスターの名前がパッと出なくなった（姿かたちは思い浮かぶのに）。まずい……。というわけで、昔の映画をDVDやビデオで観直すことが多くなった。私的映画史を「復習」する気分。

先日観たのは、『サンセット大通り』（'50年、ビリー・ワイルダー監督）。もちろんリアルタイムではなく、二十代の頃、リバイバル公開かTV放映かで観て興奮した。最も強烈に記憶に残っていたのは、風変わりなシガレット・ホルダー（？）。指輪にちょっとした突起があって、そこにタバコをはさんで喫《す》う、というもの。サイレント時代の大女優だったが今はもう見捨てられているという設定のヒロインが、そんな奇妙な指輪でタバコをくゆらせていた……。という記憶を確認したくてDVDで『サンセット大通り』を観直したのだった。

よかったー、記憶通りだった。

あらためて観直してみれば、いやー、やっぱりすばらしい傑作なのだった。過去の栄光に生きる老女優（グロリア・スワンソン）、彼女を献身的に支える執事（エリッヒ・フォン・シュトロハイム）、売れない若手脚本家（ウィリアム・ホールデン）――ほぼこの三人の映画。みごとな演技合戦。

何といってもグロリア・スワンソンの鬼気迫る濃厚演技に圧倒されるが、その影のように付き添う男をエリッヒ・フォン・シュトロハイムが演じていて、セリフは少ないけれど、さすが、妖気のようなものが漂っているのよ（'37年の『大いなる幻影』でのドイツ軍の大尉役が凄かった）。今、これだけ濃厚なスター三人をキャスティングすることができるだろうか？……といった疑問も湧いたりして。私もボーッと生きてきたわけじゃないので……若い頃より深く味わえているような気もする。

さて。七月十九日公開の韓国映画**『工作　黒金星《ブラック・ヴィーナス》と呼ばれた男』**が面白い。一九九二年という時代設定で、韓国陸軍のエリートがスパイとして北朝鮮に潜入。北朝鮮の核開発の実態を探る。コードネームは黒金星＝ブラック・ヴィーナス。

冷静沈着な軍人が、いささかちゃらいビジネスマンに仮装。その変身ぶりも見どころの一つ。スパイ活動のディテール（盗聴や同志への連絡法など）に、わくわく。ダレるところなし。当時の北朝鮮の金正日《キム・ジョンイル》との面会シーンというのもあって、その別荘内の応接室（？）の壁面の巨大な絵が、いかにもーの北朝鮮センス。見ものです。実際、こういう絵が飾られていたのだろうか？

監督のユン・ジョンビンは一九七九年生まれの三十九歳だという。

はたして今の北朝鮮の金正恩《キム・ジョンウン》氏は、父親時代のこの映画を観ることができるのか、どうか。ちょっと気になる。

『工作　黒金星《ブラック・ヴィーナス》と呼ばれた男』
発売・販売元：ツイン
©2018 CJ ENM CORPORATION ALL RIGHTS RESERVED

2019年7月

（2019年7月28日号）

◉あの映画から始まった◉四股名いろいろ◉二人のオサムちゃん

七月九日以降、メディアはジャニー喜多川さん八十七歳の訃報で騒然。

ジャニー喜多川さんのプロフィールに関しては、すでに詳しく報道されているので省略（とっても興味深い〝移民史〟だけれど）。ここでは、あくまで私的なジャニーズ話を書くことにしよう。言いたくはないけど、私、最初のグループ、ジャニーズと同世代で、その後エンエンと見ているわけなんですよね。

アメリカ育ちで野球好きなジャニー氏が代々木近辺の少年を集めて野球チームを結成。その中の何人かとアメリカ製ミュージカル映画『ウエストサイド物語』を観て感動。俄然、歌とダンスに意欲を燃やす。そうして生まれたのが初代・ジャニーズ（真家ひろみ、飯野おさみ、中谷良、あおい輝彦）だった。

もちろん私も当時、『ウエストサイド物語』を観て、興奮（脇役で『クール』を歌い踊ったタッカー・スミスが一番の好みだった）。

最初のジャニーズはファッション的には無難な感じだったのだけれど、数年後に登場したフォーリーブスには目を見張った。当時流行のパンタロンで、俄然、芸能衣裳ぽく現実離れした華美なものだったので。ハデであっても下品ではなかった。何だかわからないまま、「面白くなってきたぞ」と感じた。

今回のジャニー氏追悼番組によって、ジャニー氏が「〝男の宝塚〟を作りたい」と語っていたことを知った。「やっぱりね～」と思うと同時に、歌舞伎の存在も思わずにはいられない。男子ばかりの芸能というものに日本人はなじんでいる。潜在意識の中で受け入れているのだろう。

半世紀超のジャニーズ史の中で私が画期的だなと感じたのが、SMAP。一九九〇年代半ば、『SMAP×SMAP』を観ていて、メンバーたちの「笑い」の感度のよさに驚いた。〈アイドル＝憧れの王子様〉といった旧来のアイドル像を突き破っていた。その後のジャニーズ系はナミのお笑いタレントより、よっぽど笑わせてくれる。村上信五（関ジャニ∞）なんかマツコ・デラックスさんの投げる球も平気で打ち返す。

そうなんですよね、いつからか、アイドルは笑いのセンスもなければダメ——というふうになった。

笑いのセンスも抜群だったSMAP。

九〇年代末からスタートした『ザ!鉄腕!DASH!!』を私は好んで観ていたのだけれど、TOKIOのメンバーたちの質実な生活技術というかサバイバル能力の高さに感心してしまった。見た目がいいというだけでなく、役に立つ若者たちなのよ。笑いのセンス＋質実な能力——。というわけで、（私も含め）ジジババにも愛されるアイドルということに。アイドル界全体の活動半径を大きくひろげたと思う。

ジャニーズ事務所内の確執も伝えられていたけれど、今後はどうなるのだろう。ちょっと心配……。それにしても、ジャニーさんのお姉さんで副社長のメリー喜多川さん（九十二歳）の名前が

（今のところ）出てこないのが不思議。

＊

大相撲名古屋場所。ヒイキの栃ノ心が一勝もできないまま六日目から休場。ガッカリ。貴景勝も全休。その代わり、俄然、目を楽しませてくれるのが炎鵬だ。

色白の超・小柄力士。整った美貌で、仕切りからサーッと頬が桜色に染まる。妖しいほどの綺麗さ。

というわけで、私も応援しているのだけれど、いまだに納得がいかないのが炎鵬という四股名《しこな》——。

横綱・白鵬が命名したらしいが、「炎」という字も「鵬」という字も、この力士にはハデすぎるというか大げさすぎてシックリこない。

四股名で、とても気に入っているのが阿炎《あび》。錣山部屋《しころやま》だから親方（寺尾）のニックネームだった「アビ」にちなんだネーミングなのでしょう。画数も多すぎずスッキリ。なおかつ力強さもある。風貌にも似合っている。つい「アビちゃん！」と言ってしまう。

錦木《にしきぎ》というのも、ちょっとオシャレなネーミングじゃない？　源氏物語の章のタイトルにありそうな——と思ったら、なかったけれど（錦木検校《けんぎょう》という落語はある）。紅葉がみごとな樹らしい。

四股名と見た目が最高に一致しているのは、千代丸ですね。他のネーミングは思いつかない。あの力士の愛らしさをみごとに表現している。ツブラな瞳もチャームポイント。やっぱり、つい「千代丸ちゃん！」と言ってしまう。ちゃん付けのおさまりがいい名と悪い名というのがあるのよね。

＊

七月十二日。長年の女友だち三人と世田谷文学館の『原田治展「かわいい」の発見』に。

原田治さんは私と同年生まれだが、二十代前半からイラストレーターとして颯爽《さっそう》とデビューしていた。『ａｎ・ａｎ』創刊時からアメリカ風味の明快でキュートな絵を描いていた。それまでの女性誌には見られないタイプのものだった。数年後には「オサムグッズ」と題したキャラクターグッズをデザイン。それは十代の女の子たちの間で大人気となった。

一九七〇年代のある日。私は、ある雑誌を口実にして取材インタビューさせてもらった。アメリカの五〇年代のファッション、インテリア、映画などが好き、さらに日本の歌舞伎も好き……というのが確認できて、ついつい興奮。すっかりしゃべり込んでしまった。

原田さんは築地場外で西洋カンヅメを扱っていた家の子。原田さん自身は別の所に住んでいて、築地の建物は、その後、「パレットクラブ」と題したイラストレーター養成の学校にしていた。その建物を利用して、時どき若い落語家を呼んで寄席代わりにしたり、好きな昭和の映画を上映したり、自身の作品を展示したりしていた。大変な趣味人なのだった。基本はアメリカ趣味と江戸趣味。『ぼくの美術帖』（みすず書房）は必読の名著です。二〇一六年の夏から秋にかけて弥生美術館で『オサムグッズの原田治展』があり、その時はお元気だったのだが……それからほどなく急逝された。あんなに驚いたことはなかった。

今回の世田谷文学館での展示は、仕事の作品ばかりではなく、原田さんが子どもの頃に描いた絵日記とか、原田さんが影響を受けた作品とかもいろいろ展示されていた。抽象画家・川端実のアトリエに通ったというのは知っていたが、それは七歳の時からだったというのは知らなかった。しんそこ〝お絵描き〟少年だったのね。

原田治さん、橋本治さん（一九年一月に他界）――同世代二人の治ちゃん、もういない。

（2019年8月4日号）

◉1964TOKYO◉むごすぎる…◉反省の日々

七月二十一日、日曜日の昼さがり。何気なくTVをザッピングしていたら、おやっ、NHK・Eテレに一九六四年の東京五輪の映像が流れている。市川崑監督のドキュメンタリー映画『東京オリンピック』（'65年）にまつわる話のようだ。思わず身を乗り出して観る。『1964TOKYO知られざるオリンピック』という番組の再放送で、案内役は野村萬斎だった。

市川崑のドキュメント映画の完成当時、オリンピック担当大臣・河野一郎が「難解で記録性がない」と批判して、「芸術性か記録性か？」という議論に発展して大騒ぎになったのを私はおぼえている。

何年前だったかDVDで、その市川崑の『東京オリンピック』を観て、芸術性も記録性もある立派な映画じゃないか！と思った。日本選手にばかりこだわらず、四年に一度のオリンピックという

坂井義則君によって点火された聖火。

大会の愉しさ貴重さも伝えていた。

今回、この番組で知ったのだが、市川崑は撮影スタッフに「とにかくアップだ」と言っていたという。確かに!! 力の限りを尽くす選手たち、そして観客たちの顔のアップが多い。誰が勝ったとか負けたとかいう角度での「記録性」ではなく、選手たち、そして観客たちの思い、さらに国境を超えたスポーツの祭典というオリンピックの魅力に焦点を合わせた「記録性」なのだ。

市川崑版『東京オリンピック』で強烈な印象だったのが、甲州街道をひた走るマラソン選手たち（何と言ってもアベベ選手がカッコよかった！）を見ようと道路脇に詰めかけ、声援を送る群衆の様子。高いビルはほとんどなく、二、三階建ての店舗やオフィスがチマチマと（その代わり、大きな空）、カッポー着のおばちゃん、ゴザに座るジイサンバアサン……。う～ん、圧倒的アジア感。その年にはすでに高校生だった私だが、「そうか、こんなふうだったか……」とあらためて驚く。

東京オリンピックの前日は雨だったのに、翌日の開会式はカラリとした晴天。これも幸運の一つだった。聖火台を駆けあがって点火した坂井義則君は、いわゆる「戦争を知らない子供たち」。当時、早稲田大学に入学したて。私の高校（女子校）では同じクラスのミヤケさんが聖火の伴走ランナーとして走った（これ、今でも羨ましく思っている）。

東京オリンピックは数かずのエピソードを生んだ。この番組では柔道のヘーシンク選手（オランダ・二メートル近い大男）が日本の神永昭夫をケサガタメ一本でくだした一件にも触れていた。オランダの関係者が歓喜してタタミの上に駆け上がろうとしたのを見て、ヘーシンクは手で制して上がらせなかった。柔道の「礼」というのを尊重したからだ――というのが美談になった。私はこういう話に弱い。目頭あつくなったりして。

そうか、それもあってヘーシンクは日本人にも人気があったんだ、私も好きだったんだ――と今さらながらに気づかされた。今、調べてみたら、アントン・ヘーシンクは二〇一〇年に七十六歳で亡くなったという……。

一九六四年の東京オリンピックの開会式の入場行進は整然としてフォーマルな感じ。そして閉会式は一転して、くだけたお祭り気分と化した。その落差も楽しかったのだが、近頃のオリンピックにはそういう落差はあまりない。開会式からくだけている。ちょっとつまらない。メリハリは重要だよね――と思うのは私だけ？

＊

胸かきむしられる、むごい事件。京都・伏見で起きた**京都アニメーション放火事件**――。ＴＶで事件を知った時、確か死者八人と言っていて、それだけでもショックを受けたのだが、その後、死者三十五人に（２０１９年10月現在、36人に）。犯行に及んだと目される四十一歳の男もヤケドを負い、病院に運ばれた――というのだから、何が何だか。地獄……です。

この際、その四十一歳には生きていてもらわないと困る。警察にすべてを打ち明けてもらわないといけない。二度と同じような惨劇がないように。

何の罪もない人たちが殺されて、殺した男は命をつないでいる――というのは、理不尽なことで、遺族や関係者にとってはやりきれないことだろう。殺された人たちは容疑者とは何の関係もなかったのだ。「法が裁けないなら、私がこの手で裁く、殺してやる」――という思いにもなるだろう。アガサ・クリスティの『オリエント急行殺人事件』のようなやりかたで……。「復讐権《ふくしゅう》」「仇討《あだう》ち権」という言葉まで浮かんでしまう。

容疑者は家庭環境にも恵まれず、生活保護を受けていたという。気の毒だけれど、うらむなら親をうらんでほしい。決して、いいことではないけれど、それだったら、まだ理解はできる。きっと……何もかもイヤになったのだろう。わずかに自分の心の救いになっていたアニメへの憧れが断たれて、絶望したのだろうか。もしかしたら、大好きだったのに入社できなかった京アニと、「心中」するような気持で火をつけたのかもしれない。

私はアニメには興味が薄いので、今回の事件で「京アニ」の偉大さを知った。世界中にファンが、ぶあつく存在しているようだ。基金を募って、再建できるかもしれない。

*

実を言うと、この一週間というもの、私はひたすら反省の日々でした。六月に『いくつになっても』(文藝春秋)という書きおろし本を出版したのだが……一週間ほど前に読者からの指摘で、文章にマチガイがあることが判明したのだ。

小津安二郎監督の『東京物語』('53年)について書いた中で、老夫婦(笠智衆、東山千栄子)の息子を演じた俳優を佐野周二と書いてしまっていたのだった（ほんとうは山村聰）。『東京物語』は好きで何度も観ているというのに、なんでこんなマチガイを!?『東京物語』を、小津監督を愛する私としては「し、し、死んでお詫びしますっ！」という気分。いや、ホントに。大げさではなくて。

マチガイの理由として考えられるのは、笠智衆の息子として出演した山村聰が老けて見えて、もう少し若く見える佐野周二のほうがよかったのでは？と思っていたこと。それで、いつのまにか入れ替わった状態で記憶してしまったのではないか？　佐野周二は『父ありき』（'42年）では笠智衆の息子役だったし。

そもそも、あのあたり（明治末〜大正生まれ）は、まぎらわしいのだ。山村聰（明治四十三年生まれ）、佐野周二（大正元年生まれ）。ついでに、山形勲（大正四年生まれ）、佐分利信（明治四十二年生まれ）。この中で私が一番好きなのは佐分利信なんですけどね。『東京物語』の笠智衆（明治三十七年生まれ）は老けづくりで、たった六歳下の山村聰の父親役を演じていたというわけ。

誤ったままの記憶——。他にも何かあるのかもしれない。基本的に大雑把な私、気をつけないとね！

（2019年8月11日号）

● なんなら…● 昭和のあの街 ● 花火の夜

いきなり余計なお世話じみてしまうが……先日、あるお笑い芸人（私としては好感を抱いていた）が「なんなら」という言葉の、妙な使い方をしていたのでガッカリした。ちょっとだけ。

「なんなら」というのは、物事をストレートにではなく、遠回し的にボカして言う、婉曲《えんきょく》な表現だと思う。例えば「そちらの都合が悪かったら」といったニュアンスをこめたりして使う。

ところが、そのお笑い芸人（東京生まれの埼玉育ち）は、「なんなら」という言葉を「さらに言うと」「もっと言うと」といったニュアンスの言葉として使っていた。私は気づかないでいたが、今やそちらのほうが主流なの？

言語学者はこういう時、「言葉は生きものですから……」と言って鷹揚《おうよう》に受け入れるのだけれど（研究対象である言葉のサンプル数が増えて嬉しいのかもしれない……）、私はダメ。既成の言葉を崩して新鮮な面白い表現になる例はたくさんあるけれど、今回の「なんなら」に関しては、たんに無知ゆえの、あるいは粗雑さゆえのこととしか思えない。

浅草っ子だったオジ（父の妹の夫）は、時どき、「なにをなにして」という言い方をしていた（なにと、にを上げぎみに発声）。古くからの人間関係が固定していた狭い世界では、「なにをなにして」なんていう言い方でもスッと了解し合えていたのだろう。

「なんなら」という言葉も、クドクド説明せず、ひとことですます、端的ないい言葉だと思う。それだけに「なんなら」という言葉が誤用のまま広がってゆくのは、歯がゆく思われてしまうのだ。

はい、余計なお世話。

2019年7月

＊

七月二十三日。六本木で試写会があり、見終わって外に出ると、五時過ぎだったが、まだ明るい。フッと気が向いて、帰路とは逆の乃木坂方面へと歩いて行った。ザッと四十年前（！）、私は遅すぎる〝家出〟をして、最初に住んだのが乃木坂下の小さなアパートの一室だった。六畳一間。簡単なキッチンとトイレはついていたけれど、お風呂はナシ（初めての銭湯通い）。確か家賃は三万円だったと思う。そこが、今、どうなっているのか、ちょっと知りたくなって。

言うまでもなく風景は一変。高層ビルとマンションがギッシリと林立。私が住んでいたアパートおよび隣の家主一家が住んでいた地所もビルになっていた。

何だかハズミがついてしまい、ずんずんと赤坂方向へと歩いて行った。ハアーッ!?と呆れましたね。昔はたくさんあった喫茶店が、ほぼ全滅。ようやく昔ながらの喫茶店を発見。スーッと吸い込まれる。店主（もはや、ジイサン）の話では六十年ほど前に始めた店。喫煙ＯＫなので昼休みには満員盛況だという。

ＴＢＳもガラリ変わって高層ビルに。一見、ビルのどこにもＴＢＳという目立った表示がない（今どきのビルはたいてい、これだ）。上品なんだろうが、不親切。おおいにイラつく。

昔のＴＢＳ近辺にはたくさんの喫茶店が並んでいた。ＴＢＳ正面に「アマンド」があり、場所がわかりやすいので、フリーライターの私は、たびたびそこでインタビュー取材などをしていた。

店の前に小さな丸いテーブル（パラソルがついていたと思う）があり、そこで永六輔さんが一人で、本だか台本だかを読んでいる姿を目撃。「有名人なのに気にしないんだなあ」と妙に感心した記憶あり。

他の多くの喫茶店が無くなって、街の「業界臭」は全然なくなったように感じられた。何だか、つまらない。物足りない（私はチェーン店方式の喫茶店は、喫茶店と認めていないのだ）。

そう言えば……私の駆け出し時代、TBSは今と同じ場所だけれど、日本テレビは麴町、フジテレビは河田町にあった。今にして思えば、こぢんまりとしたビルだった。その後、両方ともベイエリアへと移転。アッと驚く大きなビルに（お台場の、あの鉄の球が特徴のフジテレビ本社ビルは丹下健三の設計だそうです）。

TBS前の路地を抜けると、山王下。昔はそこにホテルニュージャパンがドーンとあった。一九八二年に大火災事件が起きて、廃業したのだけれど、地下のニューラテンクォーターは、しばらく営業していたんですよね。友だちと、誰かのライブを観に行った記憶があるのだけれど、誰だったろう。思い出せない。

いやー、忘れてしまうものですね。近頃、とみに記憶が揮発しがち。まずい……。

＊

七月二十七日、夜。隅田川花火大会。

天気予報では夕方から雨というので心配していたのだけれど、うまい具合に雨は降らず、決行。

いささかの手みやげ持参で、浅草のMちゃん宅に。

百万人近い人が押し寄せた隅田川花火大会。

Mちゃんの家は隅田川のまさに川べりにあり、自社ビル（六階建て）のベランダから花火見物ができる。川べりの路地には交通規制がかかっていて、通行許可証が必要。Mちゃんから前もって渡されていた許可証を係員に見せて路地に入って行く。恥ずかしながら、ちょっとした優越感。

他の友だちも、すでに来ていて、それぞれの手みやげ（食べもの）をつまんで談笑。ドーンという合図と共に花火が始まった。ベランダに出る。

川上と川下の二カ所で花火が打ち上げられていて、私たちがいるビルは川上のほう。すぐ近くに大きく見える。火薬の匂いも流れてくるし、火薬玉を包んでいた厚紙の破片も飛んで来る。かなりの臨場感。例年、Mちゃん宅で花火見物をしているのだけれど、打ち上げ場所が今年はいつもより近くに感じられた。はらわたに響くような、ドドーンという破裂音。空いっぱいに広がる赤・青・黄の円模様。江戸の昔もこんなふうだったんだろうか。いや、やっぱり、これほどまでのスケール感や多彩さはなかっただろう。

基本的に赤・青・黄を使ったものだけれど、黄色（というか金色）一色の、柳か滝のように崩れてゆく花火が、ゴージャスきわまりなく、私は一番好き。うっとり。今回はオーソドックスなタイプの花火ばっかりだった。

ビルのあちこちから歓声があがる。花火の爆発音というか破裂音というか、あれって何だかワイルドな気分――素敵に野蛮な気分になるよね。くどいようだが、江戸の人びとも、こんな気分だったんだろうか。

ベランダに立って、ずうっと空を見上げていて、首が疲れてきた。「もう、いいよ」という気分になった頃、ようやく終了。川では明かりをつけた屋形船がスーッと引きあげて行く。

私たちは、あらためて、お持たせのゴチソウをつつき合いつつ、話は吉本興業問題に――。

（2019年8月18・25日号）

「サンセット大通り」
忠実な使用人と思いきや……
Erich von Stroheim
指輪がシガレットホルダーになっている
伝説的美人女優グロリア・スワンソン
コワイよ〜!
「死体の回想」という形で語られる……珍しいスタイル

184ページに書いた映画『サンセット大通り』――。見直して、やっぱり絵も描きたくなってしまった。「図解」したくなった。特に脇役をつとめていたエリッヒ・フォン・シュトロハイム。顔がスゴイのよ、アヤシイのよ、ヘンなのよ。一八八五年生まれのオーストリアのウィーン生まれ(ユダヤ系)。サイレント時代から『グリード』('24年)などでハリウッドの名優として知られていた。ジャン・ルノワール監督のフランス映画『大いなる幻影』('37年)では貴族のドイツ軍将校を演じた。圧倒的迫力だった。私はこの映画、失業時代(28歳頃)にリバイバル上映で見て、興奮。長い名前を頭にシッカリと刻み込んだのだった。『サンセット大通り』ではセリフ少なめだけれど、幕切れにヒロインとの関係が、彼の口から明かされる。「エッ、そうだったの!」と、若かった私には衝撃のヒトコトだった。

今、こんな立派な怪優、いないのでは?

エリッヒ・フォン・シュトロハイムは一九五七年、七十一歳であの世へ。

2019年8月

「サザエさん」手にしたままの昼寝かな

◉表現の不自由展◉犬の映画◉一枚の写真

愛知県で開催の国際芸術祭『あいちトリエンナーレ2019』というイベントの中で、実行委員会が企画した**「表現の不自由展・その後」**というのが、たった三日間で中止ということになった。不自由展そのものが不自由になってしまったという皮肉。

さまざまな理由によって美術館で展示することができなかった作品を集めて展示したものだという。いわば、「いわくつき」の作品ばかりの展覧会……。

ちょっと面白そうじゃないか、それぞれどこがどうダメだったのだろう――という興味が湧いてくる。今の日本の常識・良識・美意識・モラルから、はずれてしまった物ばかりを集めてみれば、逆に今の日本の内面とか価値基準が透けて見えてくるんじゃないの？

今回の企画展では「慰安婦を表現する少女像」「昭和天皇を含む肖像群が燃える映像作品」など、各地の美術展で撤去されるなどした作品の二十数点を展示していたという。

たぶん、私もまた、その作品群を見て、不快に思うことのほうが多いんじゃないかと思う。例えば、韓国国内外で多数・設置されるようになった慰安婦を表現した「平和の少女像」。私は、その像を見るのは不快なのだけれど、どこがどう不快なのだろうと、あらためて考えさせてくれる――そういう効果は無視できない。

韓国の人には、時代背景というのも少しは考えてもらいたい。戦後七十年余になってもまだ許してもらえないいんだろうか？　子々孫々、日本は〝恨《はん》〟の精神で責められなくてはならないいんだろうか？――という憤懣は私にだってある。

私としてはわざわざ不快になる物を見る気は無い。けれども、私自身の好き嫌いとは関係なく、上から（河村たかし名古屋市長はじめ政治家たち？）の圧力で企画展が中止に追い込まれたというのは、納得がいかない。

政治家はじめ権力を持っている人は、軽々しく文学・芸術方面に口を出すべきではない。もっと、どっしりと大きく構えていればいいのだ。

2019年8月

＊

犬が好き。いくつかの理由によって犬は飼えないので、机のすぐ横に『愛犬図鑑』を置いて、毎日のように眺めている。アンチックのぬいぐるみ犬も、少しばかりだが、コレクションしている。

そんな中、犬が重要なポイントになっている映画の試写をあいついで観た。

一つはイタリア映画で、そのタイトルも『ドッグマン』。

主人公はイタリアのさびれた町で、犬のトリミングサロンを営んでいる中年男・マルチェロ。ねっからの犬好きで、他には何の楽しみもない。犬たちはみごとにコントロールできるのに、人間を相手にするのは苦手。世智にはまったく欠けているのだ。

そんな彼につけ込んで、アニキ風を吹かせているのが、見るからに屈強で狡猾《こうかつ》な男シモーネ。小心者のマルチェロをいいようにこき使う。あげくの果ては罪をなすりつけ、マルチェロを刑務所へ。

マルチェロは、見ていて歯がゆくなるほどの従順さだが、そんな彼も、あることから、ついに復

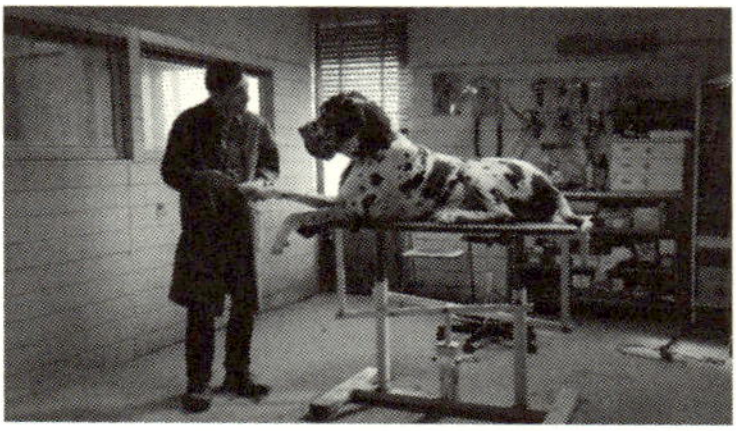

『ドッグマン』
©2018 Archimede srl - Le Pacte sas
配給：キノフィルムズ／木下グループ

讐に打って出るのだった。アッと驚く、ある方法で——という話。

これもイタリア!?と驚く。地味で、うらさびれた町並みも見ごたえがあるが、何と言っても多種多様の犬たちに目を見張る（犬嫌いにはおすすめできない）。人間の頭（と顔）の二倍はあるような大きな顔の犬も登場。これが（私にとっては）すごくかわいい！　触りたい！

地味な映画と思いきや、ラストは（ある意味）ハデ！　おすすめします。

さて、もう一本はガラリ変わって明朗なアメリカ映画**『僕のワンダフル・ジャーニー』**。大の犬好きで、『マイライフ・アズ・ア・ドッグ』で世界的に有名になり、『僕のワンダフル・ライフ』もヒットさせたスウェーデン人監督のラッセ・ハルストレムが、今回は製作総指揮に回って、ゲイル・マンキューソが監督したもの。

今回の『僕のワンダフル・ジャーニー』は、『僕のワンダフル・ライフ』の続編のようなもの。やっぱり犬の「転生」をモチーフにしていて、今回はビーグルのミックス犬として登場。かわいいんだ、これがまた。うるんだ瞳、パタパタの耳。他の犬種もさまざま出て来て、画面から目をそらせない。

前作『僕のワンダフル・ライフ』に較べると、やや鮮度は落ちたものの、やっぱり涙と笑いを誘う上等娯楽になっていた。

つい先日、TVの何という番組だったか忘れたけれど、「犬と飼い主は心拍数が同調する」という話があって、「うーん……何となく、その感じわかるなあ」と思った。犬と散歩している時など、何か、同じ精神状態にいる感じ、気分を共有している感じがあるのよね。

大変な愛犬家であった二葉亭四迷は、そういう状態を、確か「渾然《こんぜん》として一如《いちにょ》となる」と形容していたと思う。

＊

何の番組だったか忘れてしまったが、ずうっと気になっていた一枚の写真の撮影者がわかった。

戦争中、焦土の中で、おんぶ紐《ひも》で弟らしき子を背負って、はだしで、まっすぐに立っている少年をとらえた写真が、その番組で解説されていたのだ。

撮影者はジョー・オダネルというカメラマン。原爆投下後の長崎で撮影したとかで、少年が立っていた所は死者を焼く焼き場だったという。

少年が背負っていた弟らしき子は、撮影時すでに死んでいたという。ということは、これから背中の子を焼いてもらう、その順番を待っているところだったのだろうか。

少年の固く結ばれた唇、キヲツケのごとく直立した姿が、たまらない。けなげすぎるじゃないか。おそらく家族はみな死んでしまったのだろう。ひとりぼっちになって、どこでどう暮らすことになったのか……。写真では十歳くらいに見える。ということは、存命ならば八十代半ば？

一九七〇年代だったか、何かの用事で（確か）霞が関のあたりを歩いていたら、取りこわし中だったのだろうか、ガレキの山になっている所があって、その隅に赤いレンガの壁の一部が残っていた。それを見た時、「戦前」というのを強く感じた。

戦前・戦中の昭和。当時の官庁街のイメージが、何だかリアルに立ちあがってきたように感じた。大げさに言えば、デジャブというやつ。戦争はまったく知らない世代なのに、「この場所、なんだか前から知っているような気がする……」と感じた。今でもその近くをタクシーなどで通る時、崩れたレンガの壁を思い出す。ちょっと不思議。

（2019年9月1日号）

◉なんでも「グルメ」◉おすすめ映画二本

ウッスラとだが、「街頭テレビ」というものをおぼえている。昭和三十年頃のこと。夕方、商店街の一角にテレビジョンなるものが設置されていて、いわゆる「黒山の人だかり」。

それからまもなく、わが家にテレビがやってきた。父の仕事の関係で、金持でもないのにテレビの導入は早かったのだ。近所の子たちがプロレス中継を観にやってきたりしたのもつかのま、テレビは凄いいきおいで普及した。

当初はNHK、日本テレビ、TBSの三局だけだった。放映時間も短かった。放映時間を埋めるコンテンツが、まだまだ乏しかったせいか、夕方や夜には古い洋画で穴埋めしていた。

多くの番組が生放送だったので、今で言えば「放送事故」の数かずが見られた。カメラの前を番組スタッフが、かがみ込んだ姿勢で横切ったり、ドラマでは、ジッと固まっていた出演者が「エッ、もう回っているの!?」的に急に動き出したり……。面白かった。

一気にテレビが普及したのは、「ミッチー・ブーム」のおかげだったというのが定説。（当時）皇太子の明仁親王と正田美智子さんの御成婚パレードを見るべく、テレビ購入に踏み切った家が多かったのだ。

というわけで、TV史もザッと六十年超。人間で言えば還暦ですよ。昭和は平成となり、令和ということになった。ネットの普及で、俄然、「若者たちのTV離れ」なあんていう話も出てくるようになった。

私は子ども時代へのノスタルジーもあり、いまだにTVにしがみついていて、ネットには興味がないのだが……若い子たちがTVを軽視する、その気持はわからないでもない。今のTV、確実につまらなくなっていると思うから。

何度も書いてくどいようだが、今のTVって、「くいもんがらみ」ばかりじゃない？　バラエティ物でも旅番組でも、必ずと言っていいくらい、食べ物をからませる。

旅先ではその地の食べ物は大いに気になるものなので、旅番組で「食」の比重が大きくなるのは、まあ、当然とも思えるけれど……スタジオで展開されるバラエティ番組でも「食」中心というのは腑に落ちない。というより、言い方はキツくなるけれど「みっともない」と感じてしまう。

TV局のスタジオは（二、三度しか見たことがないので、きめつけられないが）、機材があちこちにあって、スタッフが何人もいたりして、窓もなく、まあ、普通の神経だったら、ゆったりと料理やスイーツを味わうという気分にはなれない所だ。

今や、食に関することは何でもかんでも「グルメ」ということになっている。もはや日本語。それが気に入らないので、私はあえて「くいもん」と書くのです。

カメラの前で、ほんの一口、二口、食べて見せたあと、残りはどうするのだろう。楽屋に持って帰って完食するのか？　それとも番組の若いスタッフが食べるのか？――つい、そんなことも気になってしまう。根が貧乏性なもんで。

たぶん、くいもん番組がハバを利かせている背景には、視聴者の高齢化ということがある。ジジババは、もはや「衣」にも「住」にも関心薄く、「食」にしか興味がない。残るは食い気だけ……というふうに見くびられているんじゃないか？　うーん。ちょっと淋しい。

＊

断然おすすめしたい映画あり。

一本はバート・レイノルズ主演の『ラスト・ムービースター』（アダム・リフキン監督）。

バート・レイノルズといえば、元アメ・フト選手で、それを生かした『ロンゲスト・ヤード』（'74年）をはじめ、一九七〇～八〇年代アクション映画の大人気スターだった。ポルノ映画業界を背景にした『ブギーナイツ』（'97年）でも監督役で出演。男が惚れるタイプの豪快イメージ。

一九三六年生まれなので、この『ラスト・ムービースター』出演時は八十一歳。本人をモデルにしたかのように、一世を風靡したスーパースターの老残の姿を描いたもの……と言っても、決して深刻めいたものではない。あくまで軽妙なタッチで、おかしみを漂わせつつ描いたもの。

バート・レイノルズは、白くはなったものの髪はフサフサ、太眉も黒く、昔のおもかげをとどめ

『ラスト・ムービースター』
配給：ブロードウェイ
©2018 DOG YEARS PRODUCTIONS, LLC

ていた。

監督・脚本を手がけたアダム・リフキンという人、私は知らなかったけれど、映画愛にあふれる、せつなく、さわやかな映画になっていた。

重要な脇役としてアリエル・ウィンターという演技派らしい若い女優が出てくるのだが……演技は上等だけれど、（彼女のせいではないが）衣装が大変に目ざわりだった。肥満系の腹と太ももをさらけ出した、ハードなファッション。全然似合っていない。見ていて落ち着かない……。まあ、それだけが不満の映画だった。

結構、笑わせ、泣かせます。バート・レイノルズは二〇一八年九月に死去。これが遺作となった。日本公開は彼の命日。

もう一本、八月三十日公開のクエンティン・タランティーノ監督の新作**『ワンス・アポン・ア・タイム・イン・ハリウッド』**はタイトル通り、一九六〇年代末のハリウッドを描いたもの。何とレオナルド・ディカプリオとブラッド・ピットがコンビになって、当時のハリウッド人種たちの栄華と悲惨を見せてゆく。

一九六九年という設定は大事。シャロン・テート事件が起きた年だからだ（当時の私、この事件には戦慄《せんりつ》！）。もうちょっと事件後の描写があってもよかったのでは？と感じた。

それにしても、レオナルド・ディカプリオ……。初めて見たのは一九九四年、『ギルバート・グレイプ』。主役ではなく脇役で、知的障害を持つ少年を演じていた。

小さな顔に細長くポキポキした手脚。何ともキュートなピノキオ人形のようだった。今、チェックしてみてビックリ。ディカプリオは一九七四年生まれだから、その映画出演時は十六、七歳だったのよね。童顔のせいかもっと幼く見えた。

やがてキュートなピノキオは、小さな頭部は変わらぬまま体幹に肉をつけていった。残念、ピノキオ感は失われたけれど、その代わりにゴージャスな貫録を感じさせるようになった。今回の映画では、ブラッド・ピットとコンビを組んで登場するのだけれど、(役柄のせいもあるだろうが)スターとしてのオーラが全然違うんですよね。独特のゴージャス感、大物感があるんですよね。

マッサオな瞳のピノキオ少年、よくまあ、ハリウッドで生きのびて来たなあと、しみじみ。

(2019年9月8日号)

◉フォンダ家三代◉滝見の旅

新聞にピーター・フォンダの訃報あり。肺がんによる呼吸不全。七十九歳。

そうか、そんな歳になっていたのか。あの強烈な父(ヘンリー)と姉(ジェーン)を持つ中で、よくまあ、その歳まで生きのびてきたものだと思う。

父であるヘンリー・フォンダは、『怒りの葡萄』('40年)や『十二人の怒れる男』('57年)などで超有名な演技派スターだったが、私は世代的にリアルタイムには間に合わず、リバイバル公開やビデオで観た。質実な正義派イメージ。

それでも遺作となった『黄昏』('81年)はリアルタイムで観ることができた。湖畔の別荘で過ごす老夫婦（ヘンリー・フォンダ＋キャサリン・ヘプバーン。今にして思えば凄いキャスティング）の数日間を描いたものだったが、若かった私には、その映画のすばらしさはわからなかった（ような気がする）。

ヘンリー・フォンダは見た目も役柄も「アメリカの良心」といったふうだったが、意外にも女性関係はハデで、五度も結婚している（ジェーンとピーターは二度目の結婚相手との間にできた子）。そのこともあって、ジェーンもピーターも父・ヘンリーに対しては屈折した感情を抱いていたようだ。

ジェーンが『黄昏』の映画化権を買い取った裏には、やっぱり、父と和解したいという気持が大いにあったはず。結局、『黄昏』はアカデミー賞でも多くの賞を得て（父・ヘンリーは主演男優賞）、興行的にも成功する。ジェーンとしては長年の胸のつかえがおりたというふうだったろう。

いっぽう、弟・ピーターのほうは、すでに『イージー・ライダー』（'69年。製作・主演）を大ヒットさせていた。おやじ＝ヘンリー・フォンダには理解できないであろう若者たちの感性をぶつけることに成功したのだ。父・ヘンリーと和解したかどうかは知らないが、少なくともピーター自身の内面の屈託はだいぶ軽減されるようになっていったのでは？

さて、そのピーターの娘のブリジット・フォンダも一九八〇年代から九〇年代にかけて青春映画の数かずに出演。二〇〇三年にはアニメ映画やティム・バートン監督映画などの音楽を手がけるユニークな作曲家、ダニー・エルフマンと結婚。この人、『ピーウィーの大冒険』や『チャーリーとチョコレート工場』などの音楽を担当しているのね……。面白い。ヘンリー・フォンダのファミリー・ツリーはハリウッドの中で思いがけない方向にも枝を伸ばしている。

＊

エアコンはあんまり好きではなく、もっぱら扇風機で暑さをしのいでいる。ソファにぐんにゃり寝そべり、脱力していたら、フト、滝のイメージが思い浮かんだ。深い森の中の滝、急流、しぶき、清冽《せいれつ》な空気……。そうだ、今、私が求めているのはそれなのだ！

　というわけで、俄然、滝を見たくなった。華厳の滝も那智の滝も若い頃に訪ねているので、「日本三大瀑布」で残るは**袋田の滝**（茨城県大子《だいご》町）。東京から近いし、大子には友人もいる……というわけで行ってきました。妹夫婦と共に、一泊二日。

　朝十時の上野発の列車に乗る予定で指定席チケットも確保していたのだが、妹夫婦が上野まで来る途中で人身事故があったとかで足止めをくらい、結局、一時間遅れで集合。

　水戸までは特急で思いのほか早かった。二両編成の水郡線に乗りかえ、各駅停車で山間部に入って行く。どの町も人気《ひとけ》がなく静まっているように見える。一時間くらいで常陸大子駅に到着。バスで袋田の滝へ。

　期待通り、水量豊かな、堂々とした滝だった。大きく段々になった崖を幾筋もの白銀の流れが伝い、落ちてゆく。見晴らし台が、けっこう、滝に近い正面なのも嬉しい。

　これで「日本三大瀑布」――①華厳②那智③袋田――を見たということになった。その中でも、一番、近くで見られたのでは？　ちょうど「集中豪雨」の直後だったせいか水量も多かったのが、幸い。

冬は凍結し、神秘的な姿を見せる袋田の滝。

冬は滝が凍結して、アイスクライミングの人たちが滝にハーケンを立てて、のぼってゆくというトレーニングをしているらしい。

さて。翌日は、ザッと四十年ほど昔に知り合って、何年か前に郷里の大子町に暮らすようになった、絵描きのアキちゃんと、そのお友だちが、大子の観光スポットを車で案内してくれた。

浄土真宗の「如信上人」が晩年を過ごしたという法龍寺もすがすがしい美しさでよかったけれど、明治時代に建てられた木造校舎「旧上岡《うわおか》小学校」が興味深かった。

NHKの連続テレビ小説『花子とアン』や『おひさま』をはじめ、テレビドラマや映画のロケ地になっているという。二〇〇一年まで実際に小学校として使われていたとかで、教室には絵や習字が展示されている。だるまストーブも懐かしい。窓の外は大きな空、そして緑、緑、緑。いいなあ。

廊下の壁には当時の写真や生徒の作品などが展示されていた。おおぜいの子どもたちの声が聞こえてきそう。

校舎裏へと通じる「渡り廊下」も懐かしかった。「渡り廊下」っていう言葉自体、何十年も使っていないなあ、と思った。

アキちゃんと知り合ったのは、一九七五年か七六年の頃。親しくしていた編集者の松川邦生氏が「面白いヤツがいるんだ。マージャンのメンバーとして紹介するよ」と言って、新宿二丁目のマンションの一室に連れて行ってくれた。そこには、ちょうど『およげ!たいやきくん』を大ヒットさせ、大金がころがりこんで、ラスベガスで散財してきたという作詞家の高田ひろお氏、たいやきくんを描いたイラストレーターの田島司氏、そしてアキちゃんがいた。ファニーフェースの三人だった。

確か同じビルだったと思うが、地下に雀荘があり、たびたび深夜まで卓を囲むようになった。ちょうど私は家を出て、一人暮らしを始めた頃。帰る時間を気にせず遊んでいられるというのが嬉しかった。先の見えない貧乏生活だったけれど。

やがて松川氏は林真理子嬢（当時はコピーライター）に『ルンルンを買っておうちに帰ろう』というエッセー集を書かせ、大ヒットさせた。松川氏は「次は中野さんだ！」なんて言ってくれたけれど、私は期待にこたえられなかった（と思う）。その松川氏は、もういない……。

さて、帰りは義弟の希望もあって、水戸市内を観光。梅林で有名な偕楽園に寄って、好文亭という、素敵な質素美の三階建ての建てものにあがったのだが……その階段や丸窓や敷石に、何だかデジャブ（既視感）があり……妙な気分が。妹もそんな気分だと言う。よく考えたら、私、学生時代に母と妹と、この好文亭に来たことがあったのだった……。

私も妹も忘却力、つきすぎ。おそろしい……。

（2019年9月15日号）

やたらと「くいもん番組」に怒っている私であるが、だからと言って「くいしんぼう」ではないというわけではない。ひとなみの「くいしんぼう」。週一度、手伝いにやって来る妹と、銀座の名店のランチを楽しんでいる。

銀座や築地市場の近くに住んで、もう三十年以上。名店も代替わりがあったり、つぶれたり、移転したり、もちろん新しい店もできたり……というわけで、老舗だからいい、とばかりは言えない。

そういう変化の中で、たびたび、私が懐かしく思い出すのは銀座の新橋寄りの路地にあったソバ屋「よし田」。

木造家屋で一階と二階があった。出入口のレジには、おばあさんがいた。女店員は白い制服ぽい物をはおっていて、化粧っ気なく、素朴な感じ。左手奥の調理場がちょっと見えるようになっていて、湯気や店員の働く姿が見えた。ほんとうに昔ながらのソバ屋という感じ。すぐ近くの資生堂の社長が一人で静かにソバをたぐっている姿も見かけた。気取りのない、いい店だったのに……。

今はビルの中に移転。味は変わらないけれど、独特の風情はなくなった……。

2019年8月

2019年9月

秋時雨今日は怠惰を美徳とす

◉非吉本の意地◉鉄ゲタ事件

本日の気温、三十度（午後三時）。ようやっと暑さの峠を越えたか。昭和の時代だったら三十度でも「凄い！」と思ったものなのに。

エアコン（冷房）は何だか体の芯まで冷え込みそうな気がして、この夏もめったに使わなかった。大きめの扇風機で何とか乗り切った。何に対してだかわからないけれど、意地を張っているような気もする。

当然、けだるく、何をするのも億劫《おっくう》。読みたいと思いながら読まずにいる新刊本が山積みになっている。

ナイツの塙宣之（左）のマンザイ論。

そんな中で、ハンディーな新書判の**『言い訳　関東芸人はなぜM-1で勝てないのか』**（ナイツ・塙《はなわ》宣之　聞き手・中村計、集英社新書）をとても面白く、くいつくようにして読んだ。

漫才界は関西陣が席巻《せっけん》する中で、関東から北ではナイツとサンドウィッチマンは頼もしい両雄という感じ。コンスタントに笑える。愉しく明るい気持にしてくれる。

グイグイ迫ってくるようなところはなく、「ま、おかしかったら笑ってくれていいんですよ」ふうの距離感。ガツガツしないのよ、というか、できないのよ。その感じが好き。安心して聞ける。

この『言い訳』という本は、塙宣之が書いたものではなく、インタビューに答えたものだけれど、「エッ、そこまで手の内《うち》をあかしちゃっていいの？」というくらい、詳細に具体的に、ナイツのお笑いテクニックについて語っている。実際、驚く程、笑芸に関して意識的かつ戦略的なのだった。

なおかつセオリーや一般論に流れず、例外的というか特異な「絶対漫才感」を持った人たちへの評価も忘れない。

「（ミキの）昴生《こうせい》も（ハライチの）澤部も一緒にいると体調がよくなります」という一言を添えているのが、ほほえましい。「ザキヤマ（山崎弘也）さんは、言うなら〝先天性ボケ〟という病気です」というのも温かい讃辞だ。

女芸人についてチラッと触れているところがある。「二〇一八年の『女芸人№1決定戦ＴＨＥＷ』は彼氏いないネタばかりで、正直、観ていてしんどくなりました」というくだりに、私は、おおいに共感。よくぞ言ってくれたという気持。

それにしても、女が「モテるモテない問題」をネタにすると、多くの場合、つまらなく（時には生ぐさく）感じられるのはなぜだろう。

マンガで言うと東海林さだお先生は「モテるモテない問題」に関しての超デリケートな大権威で、おおいに楽しませてくれているのだが……女が「モテるモテない問題」を前面に押し出すと、何だか生々しいというか痛々しい感じになったりして、笑いにはスンナリとつながりにくい。女同士ならともかく、男たちも笑わせるというのは難しい。どうも、女には「産む性」であることが関係しているような気がしてならない。

清水ミチコや野沢直子は決してそういうネタに走らない。稀有な、パイオニア的存在。

2019年9月

とにかく。ナイツ・塙の、あの、どこかアヤシイ目つきは、やっぱりダテじゃない、と思った。

そうそう。この本の版元である集英社のPR誌『青春と読書』九月号では、塙宣之とサンドウィッチマンの伊達みきおが対談している。『言い訳』発売のプロモーション企画だろうが、やっぱり面白く読んだ。

塙が言うところの「非吉本軍団」の連帯感と意地。サンドウィッチマンの伊達は、ハデな身なりをしていても、何だか、ふところ深く、ものごとに動じない大旦那のような風情あり。好き。

＊

ぐっと私的な話で恐縮ですが、大学時代からの友人ツチヤ氏から共通の友人T氏が亡くなったというメールあり。ショック。

T氏は病院に入院中で回復途中だったのに動脈瘤《りゅう》破裂で急逝。本人の希望で、家族葬……。サッサとすましてしまったのね。アッサリ、サッパリ。

T氏と知り合ったのは大学を卒業した翌年。ツチヤ氏の大学時代のクラスメート（確か文学部仏文科）という話だった。卒業後は広告代理店に勤めていた。江戸川区小岩で生まれ育ったそうだが、どこかノンビリした、とぼけた味のある人だった。

そのT氏の話で面白かったのは、警察官だったお父さんのエピソード。

私たちは大学紛争が激しい時代の学生だった。そんな思い出話の中で、T氏が例のトボケた口調で、

「オヤジといっしょに朝メシを食って、オヤジは機動隊に、ムスコの僕はデモに出かけてゆくわけ。帰ってきても、お互い何事もなくいっしょにメシ食ってるの。よく考えるとヘンだよね」というので、私の頭には、その二人の様子が鮮やかに浮かび、笑った。

ちょっとしたマンガみたいだなあ、と思っていたのだが……二カ月ほど前のことだったか、昔の長谷川町子の『サザエさん』を読む機会あり、ビックリ。

大学紛争はなばなしかった一九六〇年代後半の『サザエさん』で、オヤジは警官、ムスコは学生という設定で、T氏親子とまったく同じ展開の四コママンガになっているのだ。

「あっ、これ、T氏に見せなくちゃ」と思っているうちに、亡くなってしまった。入院中というのを知らなかったのだ。サッサと見せればよかったと悔やまれてならない。

もう一件。T氏のお父さんの話で爆笑したのが「鉄ゲタ事件」。

お父さんはある時、富士山に登りたいという意欲を燃やし、そのためには足腰を鍛えねばと、鉄ゲタを購入。

ある日のこと、玄関のチャイムが鳴ったので、つい、いつものツッカケを履くつもりで、誤って鉄ゲタの鼻緒に足指を掛けてしまい、飛び出そうとして、(何しろ鉄だから)重くて上がらず、そのまま前に倒れ、扉に顔を強打——という惨事に。以来、鉄ゲタは履かれることもなくゲタ箱の片隅に置かれたままだったという。

マジメなお父さん、かわいい! T氏に会って、もう一度、その話を聞いて、笑い合いたかったなあ!

やっぱり、会いたい人には会っておかないとダメですね。すでに同世代の多くはリタイアしてい

2019年9月

る。

あんまり老いさらばえてでは、お互い何だかツライことになりそう。会うなら今のうちでは？

——と、俄然焦りにも似た気分に。

——と書いていたら、つけっぱなしのＴＶでは、鹿児島県出水《いずみ》市で起きた、父親の暴行による四歳児・璃愛来《りあら》ちゃんの死を伝えていた。私、いつも不思議に思う。昨年起きた、東京都目黒区の親による幼女虐待死事件も、千葉県野田市の同様の事件も、子どもの名は「愛」という字が入った難読名前なんですよね。親もまた、愛を知らずに育ったのかもしれない。

（２０１９年９月22日号）

◉『お江戸でござる』◉『二笑亭綺譚』

月島に越してきて、もう三十年以上になる。キッカケは親しくしていた女性編集者・Ｉさんが月島に引っ越したというので、「月島といえば父の生地で、祖父の勤め先があった所だ、大昔！」と思い、興味を持ってＩさん宅を訪ね……俄然、私も月島に引っ越したくなったのだ。

海があり、埠頭《ふとう》があり、川があり、何本もの細い路地があり、大きな倉庫がいくつか並んでいた。ビルはごくわずかだった。

その中で、いっぷう変わったマンションがあったので、思いきってそこに入居した。以来、ずうっとそこで暮らしている。やがてビルがガンガンできて、ずいぶん眺めは変わってしまったけれど。

月島で暮らすようになって、やがて、地下鉄・大江戸線が開通。ずいぶん便利になった（特に両国国技館に行く時）。

その大江戸線を利用して清澄白河駅近くの「深川江戸資料館」という所にも簡単に行ける。面白かった記憶あり。ちょっと懐かしくなって、妹を誘い、再訪することにした。

その建物の中には、フロアいっぱいに江戸の長屋路地や表通りの商店などが再現されている。瓦屋根の上には作り物の猫がいて、時どきミャ～と鳴いたり、屋台のソバ屋（まんなかをかつぐスタイル）があったり。まさに落語の世界――。客は五、六人。

妹と立ち止まって眺めていたら、初老の係員（ボランティア？）が、スッと寄ってきて、詳しく説明してくれた。

落語好きを自任している私としては、そういう説明を聞くのは沽券《こけん》にかかわるのだが……知らないことがいろいろ知れて、「ヘエ～そうなの」と、やけにスナオに感心して聞いているのだった。

ほんと、初めて知ることが多かった。あらためて、江戸の人びとの生活の知恵や工夫の数かずに畏れ入った。結構、エコなのよ。合理的でムダがないのよ。一つの物をさまざまな形で利用し、使い切り、ゴミを最小限に抑えているのよ。

というわけで、NHKの懐かしのバラエティ番組『コメディーお江戸でござる』（'95～'04年）を思い出さずにはいられなかった。伊東四朗を中心にしたコメディと、杉浦日向子さんの江戸をテーマにしたトーク。好きだった。楽しかった。

館内の壁に「杉浦日向子の視点～江戸へようこそ～」というポスターと小展示があったので、エッ!?と思って、そちらも見ることに。

杉浦日向子さんの死は一大衝撃だった。二〇〇五年の夏。下咽頭《かいんとう》ガンで亡くなったのだが、それ

杉浦日向子さん。雑誌『ガロ』でデビュー。

を明かさないまま逝ってしまった。ほんとうの意味で「粋」な人。気丈で、しんからシャレた人。仕事ぶりも人柄も。

杉浦日向子さんを、一度だけ、偶然、見かけたことがある（偶然、というところが何だか嬉しい）。

あれは何年のことだったろう。一九九〇年代だったと思う。銀座方面行きのバスに乗っていたら、勝鬨《かちどき》橋近くのバス停で乗り込んできた客の中に、小柄で色白の女の人がいた。私はパッと杉浦日向子さんだ！と確信した。他の人は気づいていないようだった。

当時、橋の近くには大きな倉庫のような建物があったので、もしかすると、そこが撮影スタジオとして使われていたのではないか？——と、その時の私は想像したのだった。

*

五月に続き、富岡八幡宮の骨董市を訪ねた。暑いので、あんまりジックリ見る気もせず、変わったデザインのトランク五五〇〇円を四〇〇〇円に値切って購入。旅行用ではなく整理箱として使うつもり。

富岡八幡宮を出て、門前仲町駅へと向かう商店街の中に、私にとっての一大スポットがある。それは『二笑亭綺譚』という怪著のモデルとなった人物が、かつて、住んでいた所だ。

八〇年代半ばだったと思う。建築家の友人が、「これ、面白いんだよ」と言って貸してくれたのが、戦前に出版された『二笑亭綺譚』（'39年）。著者は、あの山下清を〝発見〟した精神科医の式場隆三郎。

それを読んでビックリ。深川の地主だった渡辺金蔵という人が、自分で設計して建て、「二笑亭」とネーミングした家というのが、何とも奇妙奇天烈《きてれつ》で、とうてい普通の人が普通に住める家ではない。近所の人びとは「おばけ屋敷」と驚き、怖れた。奇妙なのだが、どこか心に突き刺さってくる何かを感じさせる……。凄く美化して言えば、シュールレアリスムの極致みたいな家。

結局、渡辺金蔵は、あるトラブルをきっかけに精神科の病院に入院させられる。それに興味を持った式場隆三郎は、渡辺金蔵と建物を綿密に調査し（写真あり）、分析した。そして『二笑亭綺譚』として出版したのだった。

奇人の生み出す奇抜なデザイン。それは九割がた不気味で嫌悪感をもたらすのだけれど、何とも形容しがたい迫力というか魔力というものがあって、胸をザラザラさせるのだった……。

というわけで、私にとってはベストなんだかワーストなんだかわからない、とにかくスゴイ本を読んだという印象。

それから数年後――。筑摩書房から『定本　二笑亭綺譚』（式場隆三郎／藤森照信・赤瀬川原平・岸武臣・式場隆成）という本が出た。私が読んだ本のリニューアル版だ。今は「ちくま文庫」で気軽に読める。

――と、まあ、そういうわけで、二笑亭の跡地（一見、平凡な商店）を通る時は、ちょっと不穏な気分になってしまうのだった。

2019年9月

さて。門前仲町の交差点には、（あくまで私にとっての、だが）ナイスな喫茶店「東亜」がある。一階には小さな「東亜」が、二階には大きな「東亜」が。タバコもＯＫの昔ながらの喫茶店。コーヒー豆には凝っているかのようだが、値段は五〇〇円だったりして、リーズナブル。

あれは何年前だったか。二階のほうの「東亜」で、隣の席のオヤジ二人が、あけっぴろげに人生相談し合っていた。その話の内容がおかしくて、私は席を立てず、耳をすまして、ずうっと聞いていた。どんな話だったっけ？　思い出せないのが口惜しい。

そうそう。門前仲町（深川）は小津安二郎監督の生誕の地でもあるんですよね。一九〇三年の十二月十二日に深川に生まれ、キッチリ六十年後の一九六三年の十二月十二日の「還暦」の、まさにその日に亡くなったという、奇特な人。

なあんて、やっぱり私、三十年以上住んでいるこの地に相当の愛着を持ってしまったみたいです。

（２０１９年９月29日号）

◉台風一過◉気になるネーミング◉怪作『ジョーカー』

私は東京湾岸に住んでいるのだが、台風十五号は夜に激しい雨が降ったくらいで、何のダメージもなかった。

ところが、千葉では大規模停電。千葉の木更津の先に別荘を持っている浅草の友人夫婦が、翌日、車で別荘を点検しに行ったところ、ミモザの樹がバッタリ倒れていたという。他にはコレといった被害はないので胸を撫でおろしたというのだが……私はエッ!?　私の好きなあのミモザの樹が!?と、ちょっとショック。

スマホで送られてきた写真を見ると、根っ子ごとバッタリ倒れている。枝を大きく広げていたからこそなのだろう。友人夫婦は二時間がかりで植え直したという。

それにしても停電――。私は今の住まい（マンション）に越してきてザッと三十年になるけれど、停電って一度も経験していないような気がする。街の電柱電線は、いつの間にかなくなり、地下へ。

子どもの頃（言うまでもなく昭和）は台風ともなると、たいてい停電になった。ロウソクの火を中心に家族が集まり、ラジオの台風ニュースに耳を傾けた。アナウンサーの厳粛な声で「シオノミサキ、×××ミリバール」などと伝えられる。台風ニュース以外では耳にしない言葉。妙に興奮。頭に刻み込まれた。それもいつの間にか、ヘクトパスカルという言葉に変わった。

台風に限らず、停電は多かった。近所でも、ちょっとした区域差によって復旧のタイミングが違う。時どき外に出て、「Mさんの向こうは、もう電気ついてるよ」「じゃあ、もうすぐだね」なんて言い合ったりしていた。その頃は明治生まれの祖父も祖母もいた。

台風一過の翌日は、決まってスッキリとした晴天だったような気がする。通学路途中のWさんの家の前には、たくさんの黄緑色の栗のイガが落ちていた。谷内六郎さんの絵にでもありそうな、昭和の夏の終わりの記憶――。

＊

大相撲秋場所、九日目。横綱の白鵬は二日目から、鶴竜は八日目からの休場。さらに大関の高安は全体――という淋しい顔ぶれになってしまったものの、小さな炎鵬が出だし好調。

炎鵬はとにかく綺麗。色白の肌にピンクの頬。こう書いたら御本人はイヤがるだろうが、清潔な色気すら漂う。人気に溺れず、本気で勝ちにいこうとしている健闘ぶりも好もしい。おおいに相撲人気に貢献していると思う。

というわけで、私は炎鵬を応援しているわけですが、やっぱり引っかかるのが炎鵬というネーミング。

赤い大きな鳥――何だかハデすぎるというか、メラメラ感が強すぎというか、むしろ「白」のほうを生かしたほうが……。どうしても「鵬」という字を使いたいのだったら、せめて、炎は避けて、もっとスッキリサッパリした字にしてもらいたい。

なあんて言っても、空《むな》しいのよね。今さらもう変えられないってことは、私だってわかっているのよね。それなのに……TV画面に炎鵬という字が出るたび、腑に落ちず、モヤモヤ気分になるのです。

そうそう、今場所、私の心を曇らせているのが大関・栃ノ心の不振。本日（九日目）遠藤をくだしたものの、いわゆる「変化」での勝ち。以前のイキオイはないよね。……うーん、右脚の白いホウタイが痛々しい。栃ノ心もいつの間にか三十一歳。力士としては微妙な年頃に――。

*

十月四日公開のアメリカ映画『ジョーカー』。試写で観て興奮。久しぶりに胸の奥に突き刺さってくるような感触の映画だった。

時代背景は一九八〇年代。場所はゴッサム・シティという架空の町だが、ニューヨークの場末を思わせる。

最愛の母の「どんな時も笑顔で」という言葉を守って不器用に生きてきたウブな青年アーサー(ホアキン・フェニックス)は、コメディアンを目指すのだが、彼の芸は世間にはまったく受け入れられない。

なぜ受け入れられないのか、「よい子」のアーサーには理解できない。とことん傷ついたアーサーは、やがて「悪」のジョーカー姿へと変貌してゆく……という話。

とにかく主演のホアキン・フェニックスが圧倒的。無垢《むく》な善良青年から冷血非情な怪人へと――その振り幅の大きさを、みごとに演じ切っている。

ホアキン・フェニックスといったら、一九九三年に麻薬の大量摂取によって、二十三歳で急逝したリバー・フェニックスの弟だけど、お兄ちゃんに較べると顔がイマイチ。スター性も薄かったのだけれど、『グラディエーター』('00年)でのローマ皇帝役で、そのクセのある顔だちが生きた。複雑な役柄もピッタリで、俄然、見直したものです。一九七四年生まれの四十四歳。

そうそう。この映画『ジョーカー』にはホアキン・フェニックス演じる主人公が憧れるTV番組の司会者役でロバー

『ジョーカー』
配給：ワーナー・ブラザース映画
©2019 Warner Bros. Ent. All Rights Reserved
TM & © DC Comics

2019年9月

ト・デ・ニーロ登場。七十代半ばのはずだが、妙に若く見えた。

さて、もう一本。カトリーヌ・ドヌーヴに思い入れがある人限定だが、十月十一日公開のフランス映画『真実』も見逃せない。

日本の是枝裕和監督作品で、まあ、一言で言えばカトリーヌ・ドヌーヴの映画史へのオマージュのようなもの。

世界的に有名な大女優（カトリーヌ・ドヌーヴ）が自伝本を出版することになって、出版祝いという口実で、元夫や娘夫婦や長年の秘書などが、パリの大女優の邸宅に集まる。

何しろ「私は女優よ！」を押し通して君臨してきた人なので、集められた人たちは、みな、彼女に対して複雑微妙な思いを抱いている。時に、その憤懣をぶつけることになる。

それでも大女優は平然。「私は女優よ、事実なんて口にしない。事実なんて面白くないもの」と言い切るのだ。おみごと。

カトリーヌ・ドヌーヴは、七十五歳だけれど、奇跡的に美貌を保っているほうだと思う。大崩れはしていない。六〇年代の『シェルブールの雨傘』『昼顔』『暗くなるまでこの恋を』などを見て、「こんな繊細な美人がいるのか！」と目を見張った私としては、「うーん、実は逞しい人だったのね、動物的逞しさを持っていた人なのね、歳を取っても決してシブくはならないのね」と、ちょっとばかり驚いた。

長い間、なぜか私が嫌っていたジュリエット・ビノシュが、この映画では珍しく抑えた、サラリとした演技だったので、おや!?と思った。さすがに大女優カトリーヌ・ドヌーヴに遠慮したのかもしれない。

（2019年10月6日号）

◉「おら、いやだい！」◉フクちゃん◉「夢でござーる」

大相撲秋場所は結局、関脇同士の御嶽海と貴景勝の優勝決定戦へともつれ込み、「これはこれで面白いぞ」と期待したのだが、あらーっ、アッサリと御嶽海が寄り切って優勝ということに。貴景勝はやっぱりヒザのケガが響いたのか。あっけなかった。心配。（関係ないけど）かわいい顔をしてるのに。

二横綱と一大関を欠く、淋しい顔ぶれの場所になったものの、関脇二人（御嶽海、貴景勝）と小結の阿炎《あび》、そして炎鵬の活躍もあって、そこそこ面白い場所になった。

ひとつ気になったのは、立ち合いで息が合わず、仕切り直すという場面が多かったこと。行司の問題なんだか力士の問題なんだか。仕切り直しということになって、調子が狂う力士もいるだろう。見物しているこちらも、ちょっと白ける。

それじゃあ、他のスポーツのようにホイッスルとかゴングとかハッキリしたものにすればいい――と考える人もいるのだろうが、そうなると相撲という競技の面白さは……たぶん、半減してしまうのではないか？

やっぱり「阿吽《あうん》の呼吸」というような、ごくデリケートでファジーなもので成り立っている競技であってほしいんですよね、相撲というものは。それだけに行司の仕事もラクではない。

それで、たびたび思い出すのは、私が子どもの頃、人気があった行司・式守伊之助（第十九代。

ヒゲがトレードマークだった
十九代・式守伊之助。

ヒゲの伊之助）。昭和三十三年秋場所、横綱の栃錦と平幕の北《きた》の洋《なだ》戦で、軍配を栃錦にあげたものの、物言いがつき、北の洋の勝ちということになった。

それに対して伊之助は長くて白いヒゲを震わせて抗議。「おら、いやだい！」「いやだい、いやだい！」と抗議したという。

当時、栃錦ファンの小学生だった私もTVで見ていたはずだが、その場面は残念ながら記憶にない。大人になってから、色川武大さんの『なつかしい芸人たち』（新潮社）という本を読んで知ったのだ。

色川さんは「『おら、いやだいー！』という素朴で至純な叫びで、公衆の面前で、あんないいかたが出てくるのが相撲界のよさ、おもしろさなのだろう」と書いている。私は、この伊之助エピソードを読むたび、笑い、泣く。名著です。

*

九月二十一日。TBSテレビの『キングオブコント2019』という三時間番組を、ついつい最後まで見てしまった。賞金一〇〇〇万円、過去の優勝者には、ロバート、シソンヌ、かまいたちなど。

今回は、どぶろっくというコンビが優勝したのだが、私が一番くいついて笑ったのが、ゾフィーというコンビ。腹話術のように一体の人形を使ったもの。その人形は白い衿の、マッカなワンピースを着た少女で、名前はフクちゃん。目と口が変化する。

このフクちゃんが、かわいいんだわー、おかしいんだわー。おしゃまで……と、こう書いているだけで、もう一度見たいという気持が、つのる。あの愛らしさとおかしさは、私ごとき者には文章で伝えることはできない。

そもそも今どき、腹話術という設定自体、アナクロぽくて妙じゃない？ もしかすると私だけの感じ方なのかもしれないのだけれど、腹話術って何だか古くさく物悲しい芸――っていうイメージがあるんですよ。たいてい人形自体、かわいくなくて、不気味だったりする。

ところが、このフクちゃんはかわいいの。「今」の感じがあるの。シンプルな描線のマンガぽい顔。ああ、録画しておけばよかった……。

腹話術に関して、古くさいイメージを抱いているのには理由がある。中学生の時、同じクラスにMさんという女子がいて、そのお父さんは腹話術をやる人だと聞いた。本業でだか趣味でだか、記憶はおぼろだが。

Mさんはちょっとした変わり者だった。男の子にもオシャレにも興味がない。そのかわり、相撲が大好きで、マニアと言っていいくらい詳しかった。朝潮（先代）の大ファン。鹿児島県徳之島出身の、スゴイ胸毛で、『週刊少年マガジン』創刊号の表紙を飾ったほうの朝潮ね。

たまたま学校からの帰り道がいっしょになって、相撲の話（私は栃錦ファンだった）で、ちょっと盛りあがったのだけれど、それ以外には話題はなく……その後、クラス替えもあったりして、記憶はおぼろ。今頃、どうしているのかなあ。俄然、懐かしくなった。

2019年9月

＊

二十代半ば、私は御茶ノ水駅から歩いて数分のところにあった出版社（今は別の場所に移転）に勤めていた。結局、二年ちょっとで辞めてしまい、フリーランスのライターへの道を歩むことになったのだけれど。

その出版社では、同世代の女子二人（Uさん、Mさん）とすぐに仲よくなった。今にして思えば、三人とも犬みたいなもの。くんくんと匂いだけを頼りに「お友だち」になるのだ。

大手の出版社で給料もよかったけれど、三人とも仕事にいささかの不満があった。最初にMさんが辞め、スタイリストに。次に私が辞め、ライターに。その後まもなくUさんが辞め、グラフィック・デザイナーに……。結局、三人ともお勤め生活からはみ出してしまったというわけ。

もっか、私とMさんは都内に住んでいるけれど、Uさんは郷里の山口県岩国に在住。久しぶりに東京に。Uさんのつごうで、練馬駅そばの喫茶店で会う。Mさんは、あいにく用事があり、来られなかったけれど。

数年前にUさんと会った時は、夫や息子についての悩み話が多かったので、ちょっと心配していたのだけれど……どうやら、そんな悩みごとも、うまく落ち着いたようで、本来の明るさやノンキさを取り戻していた。

Uさんはだいぶ前から陶芸を趣味にしていて、東京の六本木で個展を開いたこともあった。その時に買った燈台をモチーフにした作品は、低めの本棚の上に置いて、指輪など小さなアクセサリーを置いたりして愛用している。

その昔——出版社に勧めていた頃、Uさんは中野坂上のアパートの二階で一人暮らしをしていた。ある夜、Uさんのアパートで、しゃべりこんでいたら、隣の住人である、同世代とおぼしき女の子が「カギをなくした」とかで、Uさんの部屋の簡単なベランダから隣のベランダを伝って無事、自分の部屋に入って行った。まあ、それだけのことなのに、門限をはじめ何かとウルサイ実家暮らしの私は「いいなあ、自由で」と羨ましく思ったものです。

そんな思い出話をしていたら、いつのまにか窓の外は暗くなっていて、街のあかりがチラチラ。フッと奇妙な気分。目の前のUさんが二十代半ばの頃のUさんに見える。御茶ノ水駅そばにあった画材店『レモン』の二階の喫茶室でエンエンと語り合っていた時のままに見える。歳月というものは、もはや一瞬の夢のよう。『柳生一族の陰謀』（'78年）の萬屋錦之介のセリフ「夢だ、夢だ、夢だー、夢でござーる」と頭の中で呟いた。


（2019年10月13日号）

◉元祖・TVタレント◉ラグビーの魅力◉ジャンヌ・ダルク感

九月二十七日、夜。原稿書きに疲れて、ちょっと一服とテレビをつけたら、画面は黒柳徹子さんだった。新聞で確認したら『徹子の部屋スペシャル』という三時間番組。

ちょうど人気子役らしき少年と対話しているところ。少年が、これを言ったら絶対ウケるとばかり、ちょっとオチャラケたしぐさをすると、徹子さんは間髪入れずに「私、そういうのでは笑わないの」と言って、サッサと他の話題に移っていた。

少年は唖然。いささか、うらめしげな表情に。

少年には申し訳ないが、私はこのやりとりに爆笑。徹子さん、やっぱりいいなあ、正直で。分別に固まってなくて。こういう人が国民的人気者になったんだもの、日本も捨てたもんじゃない——と、あらためて思わずにはいられなかった。

もはや大昔の話ですが……私の家は金持でもないのに、父の仕事の関係でTVの導入が早かった。確かチャンネルはNHKと日本テレビとTBSしかなかった頃。昭和三十年代の初め。

徹子さんは『チロリン村とくるみの木』など人形劇の声優として知られ、じきにドラマや『夢であいましょう』などのバラエティ番組でも活躍するようになった。今で言うところのバラエティ（やたらくいいもんを絡ませる）ではない。若き日の永六輔さんが構成にあたった、品格もスマートさもあるものだった。

ファッションも愉しい『徹子の部屋』。

一九七〇年代初め、徹子さんはニューヨークに一年間、演技留学することになった。その頃、資生堂の企業文化誌『花椿』にエッセーを連載していて、留学の動機を「鉄道のレールを切り替えるような気持ちで」と表現していた。

私はちょうどお勤め生活が始まった頃。職場にはたいした不満はなかったのだが、「お勤め」というスタイル自体（特に朝。同じ時間に起きて同じ所に行く）に耐え切れず、二年三カ月で退職。フリーランスの道を選んだ。私は何度か、徹子さんの「鉄道のレールを切り替える」という言葉を思い浮かべた。切り替えた先はどんなものなのか――ということはあんまり考えなかった。

今回の『徹子の部屋スペシャル』では、渥美清との思い出も語っていた。『夢であいましょう』で出会い、親しくなったという。

自慢だけど私、ＴＶデビューまもなくの渥美清をおぼえているんですよね。『すいれん夫人とバラ娘』というドラマに脇役出演していて、顔も声も面白い人だなあと注目。じきにダイハツ提供のコメディ『セールスマン水滸《すいこ》伝』（'59―'61年）で、いんちきくさい、確かブローカー（仲買人）という役柄を演じた。顔が面白い上にシャベリが（意外な美声で）滑らか。番組内で新発売の（？）ダイハツのミゼットの宣伝もしていた記憶あり。

以来、渥美清出演ドラマは見逃さないようになった。ＴＶ版『男はつらいよ』最終回、寅さんはハブにかまれて死んだ。ビックリ。ガッカリ。その後まもなく松竹で映画に。寅さんシリーズは大ヒット――なあんて、話はどんどんズレていく。

今、念のため徹子さんの生年をチェックしたら、エーッ!?　一九三三年生まれの八十六歳なんですね。いやー、全然そう見えない。信じられない。おみごと。

＊

九月二十八日。ほんの気まぐれでＮＨＫの**ラグビーW杯中継（日本vs.アイルランド）**を観たら、なんと日本は19対12で勝利。ビックリ。翌日の新聞は一面トップの大報道。

2019年9月

「屈強」という言葉そのままの体格のアイルランド選手たちを見れば、とうてい敵《かな》うはずがない、わざわざ負けいくさを観るのもシャクだけど……と思いつつ観始めたのだったが、トライは手がたく決まるし、パスもスルッと出るし、スクラムも押され負けしていないし……エーッ、日本チームこんなに強いんだ！と目を見張った。

サッカーはともかく、ラグビーにはまったく縁がなかった。TVでちゃんと観たのは、これが初めて。ルールや技など、まるで無知。たんに五郎丸歩という見た目も人柄も好もしい人物をTVで知って、それで「一度くらいラグビーというものをちゃんと観てみようか」という気持になったのだ。やっぱり、どの世界でもスターがいないとね、私のようなミーハーは興味を持たないのよね。

サッカーと一番違うところは、スクラムという格闘技的要素があるところでは？　敵味方が押し合いへし合いするところ。当然、体格もガッチリ型の大男……。

となると、女子サッカーはあっても女子ラグビーはないだろうと思いきや……あるんですね、これが。

一九六〇年代からヨーロッパをはじめ、世界各地に広がって、日本でも八三年から「世田谷レディース」というチームが結成され、国際大会も開催されているという。へえーっ、凄いなあ。頼もしいなあ。ちょっと観てみたい。

＊

それにしてもヘンな秋。もう十月だというのに、いまだに夏姿。半袖Tシャツ＋ヒザ丈のショートパンツ姿で、これを書いている。しまいかけた扇風機をまた出して使っている。何とも長い夏……。

毎週末、オランダ在住の親友K子とメールで俳句のやりとりをしているのだが、秋らしい句なんて実態から離れていて、凄く作りにくい。あらためて俳句というものは四季あってこそのものだなあ、と思う。

雨にしたって、今は「秋雨」なんていうデリケートなものではなくて、集中豪雨だったりするし、ね（九月の台風十五号による千葉の被害は、私の想像を大きく超えるものだった。気の毒でならない）。

それで、ずうっと考えあぐねているのが、数日前、国連で地球温暖化問題に関して「経済のことしか考えていない大人たち」を痛烈に批判したスウェーデンの高校生グレタさん（十六歳）のこと。「地球温暖化は経済のことしか考えていない大人たちによるもの。あなたたち（各国首脳）を許さない」と涙を浮かべ、スピーチした。

スピーチ内容は、ほぼそれだけと言っていいのだけれど、そのしゃべり方と、怒りの形相に凄みがあって、強い印象を残した。テレビ的効果は大きかった。

ＴＶでその様子を観た私の第一印象は、「おっとーっ、何だかコワイなあ」だった。これがオトナだったら、エコロジー派の定見として、それなりに胸におさまるのだが……十六歳で、なおかつ（欧米人にしては）幼い外見の少女だったので、妙に気圧《けお》されるというか、ギョッとするというか。ちょっと悪フザケして言うと「御説ごもっとも。ジャンヌ・ダルク感、ハンパない」って感じ!?

スピーチ時間が限られていたせいもあってか、現状を糾弾するだけで、「では、どうすればよいのか」ということに関しては語られなかった。アジテーターとしては一種の迫力があったけれど、「それだけじゃないの?」という感じもした。さっそく小泉進次郎が、この少女を讃美していた。

日本学術会議では、すでに「世界の二酸化炭素の排出量を今世紀半ばまでに〝実質ゼロ〟とすることが必要」としているのだが——。

(2019年10月20日号)

日本映画の父・マキノ省三
その息子　雅弘
1908-1993
「あゝにっぽん活動大写真」
TVドラマ版で雅弘を演じた
小倉一郎
すご〜く面白かったのよ、
これが！

12月公開の周防正行監督作『カツベン！』の試写を見る。

カツベンというのは活動弁士——つまり無声映画（サイレント）の時代にスクリーンの脇でセリフをつけたり、ストーリーを説明したりする人のこと。主役とも言うべき若き活動弁士を片岡一郎が演じている。

周防正行監督作品だから、当時の映画の断片をはさんでみたり、恋愛騒動を絡ませてみたりして、変化をつけている。そこそこ巧くできていると思ったのだけれど……うーん……一九七〇年代後半のTVドラマ『あゝにっぽん活動大写真』には及ばないなあ、とも思った。

「日本映画の父」とも呼ぶべき牧野省三の子として生まれ、数々の娯楽映画を作ったマキノ雅弘の自伝『映画渡世　天の巻・地の巻』をもとにした、風変わりな趣向のドラマで、今でも見直したい程、面白かったのだ。映画史的にも青春ドラマとしても。マキノ雅弘役を演じた小倉一郎も役柄によく合っていた。——と、こう書いている今も、見直したい気持でいっぱい。

2019年9月

2019年

10

月

旧友と語り尽くして良夜かな

◉肉体エリートたち◉ナイス・キャスティング◉名女優のホラー

某誌（サンデー毎日ではない）の、きつい締め切り催促の渦中でこれを書いている。締め切りはとっくに過ぎているのに、この数日、ついつい、「世界陸上」とラグビーのTV観戦にウツツを抜かし、原稿用紙（いまだに手書き）に向かうことができなかったのだ。

世界陸上では日本選手はあんまり出ていなかったけれど、それは関係なく、ケタ違いの能力を持った各国アスリートたちの姿かたちをホレボレと「鑑賞」していた。

走る、跳ぶ、投げる……そのことのために少しでも有利な姿かたちに作りあげられた肉体……。ついつい、我が身を振り返って、恥ずかしく思う。私が作りあげたのは、思いっきりナマケモノの体。なおかつ今や〝御老体〟。

こんなはずではなかった……。中学、いや、高校の頃までは私だっていっぱしの運動少女だったのだ。走り高跳びと幅跳びの選手として近隣の学区の大会に出たこともあったのだ。高校に入学して最初に入ったのは陸上部。それなのに、他の部員の様子を見て圧倒され、「お呼びでない、こりゃまた失礼」とばかり、サッサと退部してしまった。

次に入部したのが水泳部だったのだけれど、やっぱり他の学校との大会に出て、「お呼びでない」と痛感、何しろ海なし県（埼玉県）の学校の水泳大会なのだもの、全国的には低レベルだったはず。その中でもビリに近かったのだから、情けない。

というわけで、アスリートたちには強い憧れとコンプレックスがある。

ＴＶで観戦しながら、選手たちの胸のうちを考えずにはいられない。たぶん「無心」というものなのだろう。観衆たちの姿は消えて、自分とゴール（高跳びだったらバー）——それが全世界になる瞬間なのだろう。アスリートたちならではの特権的瞬間。生きていることの鮮烈な感覚。体感。

そんなことを想像しながら観戦している。ライターとなった私、原稿用紙に向かっても、そういう種類の体感は望むべくもない。

＊

ＴＶをザッピングしていて、「おっとー」という感じで手が止まった。昼間のワイドショーで、全日本テコンドー協会の会長、金原昇氏の映像が流れていたからだ。どうやら、そのワンマンぶりに対して、選手たちからの批判が集中しているようだ。

いやーっ、その風貌も話しぶりも、「ワンマン」とか「ボス」とか「暴君」のイメージを絵に描いたかのよう。ナイス・キャスティング。わかりやすい。あやしすぎる頭部（大金かけても、あれ？）に目がクギヅケになりました。

ＴＶ報道では「反社会的勢力」との関わりもあるという。驚かない。吉本興業の闇営業問題以来、「反社」という言葉、一気に定着したわけね。年齢は六十五歳らしい。世代的には「全共闘世代」「ビートルズ世代」より若いのだけれど、こういう人もいるわけです。貧困家庭に育ち、いわゆる闇金で財を成したという。そうなると名誉というのも欲しくなる。……ちょっとせつないような話でもある。

2019年10月

「全共闘世代」だの「ビートルズ世代」だのというのは、相対的に見れば、経済的に恵まれていた人たちの話――と、今さらながら思わずにはいられない。

＊

カトリーヌ・ドヌーヴには美貌では負けるものの、今やフランスの国民的大女優と言ってもいいかな、イザベル・ユペール（六十六歳）主演の映画『**グレタ**』。面白いですよ。コワイですよ。特にラストが！　十一月八日公開。

ストーリーをザッと説明すると、舞台はニューヨーク。地下鉄のシートに置き忘れられたハンドバッグがあり、たまたまみつけた若いフランシス（クロエ・グレース・モレッツ）が、バッグの中にあったＩＤカードを見て、親切心からその持ち主の邸まで届ける。

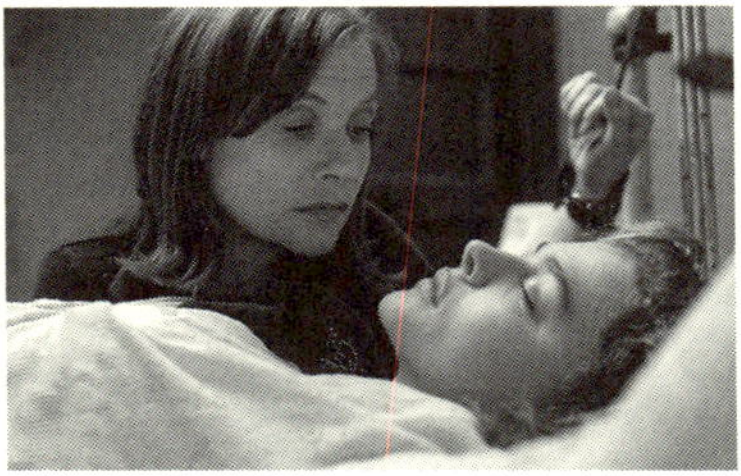

『グレタ GRETA』
©Widow Movie, LLC and Showbox2018. All Rights Reserved.
配給：東北新社 STAR CHANNEL MOVIES

持ち主はグレタという名の中年（老年？）の女の人で、おおいに感謝する。グレタは愛想よく、話題も豊富。どこか謎めいた感じもある。母を亡くしたフランシスは、母への思いをグレタに重ね、親しくなってゆくのだが……という話。

これがやがてコワイ話になっていくんですよ。心理的恐怖。この、実はコワイ女であるグレタをイザベル・ユペールが演じている。今や大女優なのに、よくまあ、こんな役を引き受けたなあ!?と感心するやら笑うやら。今まで私、イザベル・ユペールにそんなに関心を持たなかったのだけれど、これで一気にファンになりました。

監督はアイルランド出身で、『クライング・ゲーム』('92年)、『インタビュー・ウィズ・ヴァンパイア』('94年)、『プルートで朝食を』('05年)などで知られるニール・ジョーダンだ。さすが。

さて。窓の外は雨。いつまでたってもスッキリとした秋の空というふうにならない。十月だというのに衣替えもしていない。相変わらずの夏姿。つまらないなあ。もう飽きた。

先週も触れたが、とりあえず俳句作りに苦慮。毎週末、オランダ在住の親友と、二人だけのメール句会(七句を送りあい、選句する)、秋の季語が使いづらくて。「四季」というのが、大幅に崩れている……。

さて。ガラリ変わって男っぽい話になるけれど、十月二十五日公開のロシア映画『**T―34 レジェンド・オブ・ウォー**』が面白い。

私の好きな第二次大戦物、なおかつ一種の脱獄物。ナチス・ドイツの捕虜となってしまったソ連の士官が、ナチスから、ソ連の最強戦車であるT―34の操縦を命じられる。心ならずもナチスに協力させられるという形。屈辱の中で、ソ連の士官とその仲間はそれを脱出のチャンスとして、決死の作戦に挑む―――という話。

何しろ、ロシア映画ゆえ出演俳優たちは、なじみのない人ばかり。スター主義の私としては、スターを観るという一番の楽しみが、ないのだった。ロシア語もわからないし。

それでも、ぐんぐんと話に引き込まれた。ナチスの中にも頭のいいキレモノがいる。それをどうだますか?の頭脳戦。

「T―34」というのは、ソ連が作りあげた新型の戦車で、ドイツの戦車を一撃のもとに破壊する。これを、捕らわれの身のソ連兵たちがどうやって奪還し、逃亡するか……そこが一番の見もの。

私は女ゆえか、戦車だの武器だのに、ほとんど興味がなく、無知。硬そうな物や重そうな物には親しめないのだ。男の子や男の人は逆にそういうのが好きよね。きっとこの映画は楽しめると思う。

この映画を観ながら、たびたびアメリカ映画の『大脱走』（'63年）を思い出した。ドイツ軍の捕虜として収容された連合軍将兵たちの、念入りで大がかりな脱走物語。まさにわくわくどきどき。スティーヴ・マックイーン、ジェームズ・コバーン、かっこよかった〜。

そんな記憶も重ねながら、『T―34　レジェンド・オブ・ウォー』を面白く観た。

（2019年10月27日号）

●幸せな人●懐かしのあのドラマ●映画の中のノーベル賞

銀座を歩いていたら、ビルの電光ニュースに「和田誠さん死去」と――。ギクリ。そして、ドキドキ。用事もそこそこに帰宅。

和田さんが体調を崩されているということは知っていた。長年、『週刊文春』の表紙の絵でおなじみだったが、しばらく前からそれが描きおろしではなく旧作のものに変わっていた。

それでも編集部の人たちだって、復帰を信じていただろう。願っていただろう。とにかく私は戻ってくるはずだと信じていた。

私は和田さんの映画エッセー集『お楽しみはこれからだ』シリーズ（文藝春秋）に決定的な影響

を受けたと思う。

二十代半ば、おずおずとフリーの雑誌ライターへの道を歩み出した頃、一番の心の支えになっていたのは映画を観ることだった。

当時の私は〝遅すぎる家出少女〟。オカネがないので、銀座の並木座や京橋のフィルムセンターで旧作を観ることが多かった。

旧作中心だったので、十歳程年長の和田さんがお気に入りの映画（おもに一九五〇年代のもの）も少なからず観ていたのだった。

すでにイラストレーターとして名を成していた和田さんの『お楽しみはこれからだ』シリーズは、軽妙洒脱《しゃだつ》なイラストレーションと共に、映画の中での面白いセリフが毎回、引用されているところも楽しかった（あの記憶力って、いったい何なんだろう！　驚異的。メモなどしていなかっただろうに）。

映画評の仕事がポツポツ舞い込んでくるようになった頃、ある試写会で、私のまん前のシートに和田さんと色川武大さんが隣り合って座っていて、談笑していた。

わが敬愛の二人。ただそれだけで嬉しかった。阿佐田哲也（つまり、色川さん）原作・和田誠監督の映画『麻雀放浪記』（'84年）の前後だったと思う。

その後、ありがたいことに仕事で色川さんにも和田さんにもお会いすることができた。お二人とも私が想像していた通り。和田さんはスッキリ、サッパリした雰囲気。おだやかだけれど、自分

和田誠さん。アニメも手掛けた。

の趣味嗜好は断然通す、そういう陽性の頑固さも感じられた。

スターたちの似顔絵、すばらしいですよね。思いっきり省略した描線で、そのスターの魅力の核心をとらえている。ホレボレします。基本的にコメディが好きみたい。

それでも『お楽しみはこれからだ』シリーズの第一弾の表紙に選んだのは『サンセット大通り』（'50年）の大女優、グロリア・スワンソン。「セリフなんか要らないわ。私たちには顔があったのよ」というセリフを選んでいる。

和田さんはラジオに出演していた平野レミが気に入って、会って一週間後に結婚したという。いやー、確かにレミさん以上の超自然なコメディエンヌはいないでしょう。和田さんは直感正しく、幸せな人だったと思う。八十三歳。私はもっと若いように思い込んでいた。

＊

十月十二日、夜。台風十九号が都内を縦断。「数十年に一度という大型台風」というので、ベランダの鉢や物干し道具などは室内に入れて身構えていたのだが、深夜、激しく雨が降るだけで、突風などはなかった。

それでも多摩川は氾濫、道路は冠水という事態になったという。世田谷区や奥多摩では停電や断水もあいついだという。

台風が近づきつつあった時、スマホが突然、ビーッと聞いたことのない音を発したので、「いったい何事!?」とドキドキしながら画面を見ると、区からの避難場所の連絡メールなのだった。

私はマンションの上のほうに住んでいるので、その必要はなかったものの、近所には昔ながらの長屋（木造二階建て）が並んでいる。住人の多くは高齢者。なるほど今は、高齢者にとってもスマホは必携のものになったんだなあと思った。

TVニュースで多摩川が氾濫している映像を見て、おびえながらも、懐かしのTVドラマ『岸辺のアルバム』（'77年）を思い出さずにはいられなかった。

多摩川の川べりで暮らす、ある一家の話。平々凡々に見えながら、家族の一人一人は、実はきわどい秘密を抱えている……という、それまでのホームドラマとは一線を画す、リアルなものだった。その頃からTVドラマはめったに観ないようになっていた私も、このドラマには、はまった。

〝平凡な主婦〟役の八千草薫が若い竹脇無我に惹かれ、ラブホテルへ——という場面があり、（当時の）大人たち、特に男の人たちにとってはショッキングな展開だったようだ。

若かった私は、「平凡な家庭だって、案外、奥が深いものなんだなあ。何があるかわからないものなんだなあ」という興味で観ていたように思う。

原作・脚本は山田太一さん。一九七〇年代の『それぞれの秋』（'73年）に始まり、『想い出づくり。』（'81年）、『ながらえば』（'82年）、『終りに見た街』（'82年）、『早春スケッチブック』（'83年）、『ふぞろいの林檎たち』（'83年）……など。山田太一ドラマだけは観逃せなかった。もともとは映画界（松竹で木下惠介監督に師事した）の人だしね。

＊

2019年10月

ノーベル化学賞に日本の旭化成名誉フェローの吉野彰さんが選ばれた。受賞理由は、リチウムイオン電池開発だという。

ニュースでは、その電池に関しての簡単な説明があったけれど、私には何が何だか。とにかく画期的な、スゴイ開発なんだな、と。

アカデミズムの人ではなく、勤め人。御本人も「サラリーマンですから」とテレ笑い。記者会見は奥さん同席で、ホガラカなものだった。俄然、好感。ノーベル賞授賞式は、ぜひ（奥さんだけでも）キモノ姿で——とよけいなお世話。

ノーベル賞授賞式を背景にした映画があったな、何だったっけ……そうだ、今年一月に日本公開された『**天才作家の妻—40年目の真実—**』だった。こちらはノーベル文学賞。

アメリカの大物作家がノーベル文学賞を授与されることになって、妻と息子と共に、式が行われるストックホルムへ。晴れの舞台だが、実は夫婦の間には、とんでもない秘密があった……という話。

夫を演じたのがジョナサン・プライス。妻を演じたのが、もはや大女優と言っていいグレン・クローズ。

ホテル内のシーンが多く、ノーベル賞受賞者のかたがたは、こういうダンドリで、こういう待遇や取材を受けるんだなあ……というのがザッとわかる。

とにかく妻を演じたグレン・クローズが巧くて、おかしいやらせつないやら。一九四七年生まれの七十二歳。好き。

二人の若き日の回想が、たびたび、はさまれる形で話が進行していく——。これから観る人はそういう、過去と現在が交錯する構成になっていることを知ったうえで観たほうがいいかも。

（２０１９年11月３日号）

◉台風悲話◉ラグビー人気◉いきなり噺家《はなし》

この連載の原稿は、基本的に月曜日に書いている。前回ではちょうど台風十九号が東京を通過した二日後だった。

台風の夜。私が住んでいる湾岸部では激しく雨が降っていたものの突風などはなく、雨も三時間くらいで勢いを失ったので、「エッ!? 〃数十年に一度の大きな台風〃という予報だったのに……予報がはずれてよかった、よかった」と思ってしまった。

それで何だかノンキな調子で台風の話を書いてしまったのだが……その後、各地の被害情報が続々とＴＶや新聞で伝えられてくるようになり、私はガックリと首うなだれた。思っていた以上の大変な台風だったのだ。〃数十年に一度の〃という言葉は嘘ではなかった。〃百年に一度の〃という人さえいた。

何しろ大変な台風だったから、メディアの取材も困難だったのだろう。各地の被害の全貌が伝えられるには時間がかかったのだ。

大量の泥水につかった家々。二階はともかく一階は全滅だろう。修理や再建するにしても、そこにあった品々、なじんだ部屋のたたずまい――「思い出」というものが断たれてしまった。

前回、私は山田太一さんの脚本によるＴＶドラマ『岸辺のアルバム』について触れたのだけれど、家が水びたしになるという中で、家族の「思い出」をとどめる物としてアルバムを持ち出して避難した人もいたのではないか。記憶を絶たれるということは、ほんとうに辛いことだから。

アルバムは、たいせつな家族の生の記録。お金では買えないものだ。今や写真はスマホとかパソコンとかに入っているのかもしれないが。それ、なんだか風情とか、ありがたみがないよね。やっぱり紙焼きの写真というカタチになっているほうが……と、よけいなお世話。

被災した人たちの様子をTVで見ると、案外、平静さを保っている人が多い。そう装っているだけで、胸中ははかり知れないが……。「自分だけじゃあない。近隣の多くの人たちが同じ目にあっているのだ」——という気持に支えられているのかもしれない。

TV局の人が、被災した一人のおばあさん（水中につかっているところをヘリコプターで救助された）にコメントを求めると、その人は静かな口調でこう言った。

「おじいさんと二人で水につかっていて。おじいさんは『お前が先に。今まで長い間、世話になった。ありがとう』——と言って、水の中に沈んでいきました」と。正確ではないかもしれないのだが、そういう意味のことを言っていた。

と、こう書いているだけでも、私、涙目。あの豪雨の中で、大小さまざまな人間ドラマがあったはず。美しかったり、醜かったり。立派だったりマヌケだったり。

家族や友人知人ばかりではなく、愛する犬や猫などを失ってしまった人もいるのだろう。その喪失感はどうしたらいいのだろう……。

それにしても……TVで見るかぎり、日本人の感情表現って、やっぱり基本的につつましいものなんだなあ……と思う。

天をあおぎ、両手を広げて震わせ、運命を呪って泣き叫ぶ——といったようなことはしないというか、できないというか。

それだけに悲しみや辛さの程を察してしまうのだ。これからしばらく、生活の再建が大変だろうなあ、とも。言葉が浮かばない……。

＊

ラグビー人気の急激な盛りあがり。にわかラグビー・ファンがドッと湧き出した。はい、私もその一人。

サッカーはともかくラグビーに関してはほとんど無知。TV中継をされることも少なかったんじゃない？

やっぱり五郎丸歩選手の存在は大きかったんじゃないか？　少なくとも私はそう。TVで五郎丸選手を見て、（ミーハーでちょっと恥ずかしいけど）他にもこういう、かっこいい選手、いるのかなあ——と思って、スポーツニュースなどでチェックするようになったのだ。

ちゃんといましたね。主将のリーチマイケル。野性と知性が巧くブレンドされたかのような風貌。ニュージーランド出身だけれど、少年時代から日本で生活。二〇一三年には日本国籍を取得したという三十一歳。

サッカーとは違って体をぶつけ合い、押し合ったりすることが多く、重量感のある体格の選手ばかり。屈強な大男たち。「これはこれで、かわいい」なあんて思ってしまうわけですよ。

日本にもこんなに顔も体もゴツイ男たちがいるんだと目を見張る。相撲とは、また一味違う筋肉のつきかた。

――なあんて。うーん、サッカーやラグビー人気に押されて、なんだかどんどんプロ野球人気が低下していってしまうんじゃないの?と、ちょっと心配だったりもして。

＊

十月十九日の夜。テレビ朝日の『激レアさんを連れてきた。』を観て、ヘエ~ッ!?と目を見張った。新聞の番組欄では「暴走族総長が知識ゼロで落語家に!!」というキャッチフレーズだったので、あら、私、知らないんだけど――と思って観たのだが、元暴走族総長だったとは思えない、ファッション・モデルとしても通用しそうな端正な美青年。身長も一八〇センチ超だという。

とにかく大変な不良だったのが、何も知らないまま寄席に行って、瀧川鯉昇《りしょう》の落語を聴いて、大感動したらしい。

一人で何人も演じ分け、情景さえありありと浮かびあがらせる……落語ってスゴイ!――と思う人は多いだろうが、初めて落語に接して、すぐに「これだっ!」とばかり、鯉昇に会って「弟子にしてください」と頼んだという、その単純明快さが、直情径行体質がスバラシイというか、眩しいというか。

瀧川鯉斗は元暴走族総長。

というわけで今は瀧川鯉斗《こいと》と名乗っている。

まあねえ、あの古今亭志ん生だって、少年時代からワルだったんだから。ワルの日々の中で、さまざまな人間の姿を見てきたのが、まあ、結局のところ「芸のこやし」になったんだから……。いいんじゃないですか、早めにワルの世界を知っていたというのも。

男前なので、すでに熱心な女性ファンたちがついているらしい（そこは志ん生とは大違い）。そういうので安心したらダメよ。うるさがたのジイサン・バアサンも唸《うな》らせなくては。はい、期待しています。サッサと投げ出したりしないでね。

（2019年11月10日号）

この本が発売される頃——ロシア映画『私のちいさなお葬式』が公開されるはず。おかしくて、楽しくて、なおかつシミジミと胸打たれる映画なんですよ。

ロシアの田舎町で年金暮らしをしているエレーナ（七十三歳）は、元・教師。元気で暮らしていたのに、ある日、医師から思いがけない宣告を受ける。「あなたの心臓には問題があります。いつ心肺停止になってもおかしくない」と——。

気丈でクールなエレーナもさすがにショック。それでもギャアギャア取り乱したりはしない。さっそく、自分好みの死にかた、そして葬式について考え、テキパキとダンドリをつける。そして、その日がやって来て……という話。

バックに流れるのは、エレーナが若かった頃、好きだった「恋のバカンス」（ザ・ピーナッツが歌っていた、あの歌！）。ほんと、みごとにサッパリ、キッパリのお葬式！

あとがき

高二の冬だったと思う。学校主催のスキー旅行に参加することになって、母と共に確か秋葉原だったと思うが、スポーツ用品店でスキー板とストックを買うことになった。その時、母が店員に聞いたヒトコトが忘れられない。いきなり「中級品と言ったら、どれですか?」と聞いたのだ。

いったいなぜ、いまだにそのヒトコトが記憶に残っているのだろう。もはや自分でもわからなくなっている。たぶん……「そうか、ウチは貧乏でも金持でもない、中間的な家で、それでよし、と思っている家なんだな。万事ホドホド。私はそういう家の子なんだな」とは思ったはず。それでガッカリしたのかホッとしたのかは全然わからない。思い出せない。

雑誌ライターになって、たびたび、この一件が頭に浮かぶようになった。たくさんの無署名原稿を書いて、念願の一人暮らしもできて、「ああ、よかった」と思っていたら、親しい編集者から「書きおろしでエッセー集を出さない?」と言われ、だいぶ迷ったあげく引き受けて、なしくずし的にコラムニストということになった。ちょっと突飛だったりヘンだったりズレていたりしても基本「中級品はどれですか?」の家の子。ごく普通の常識人だと思っている。

自分が常識人だからこそなのか、分別《ふんべつ》で固まったような人が苦手。TVを見たり、新聞や雑誌を読んだりしていて、何のためらいもなく分別くさいことを口にしたり文にしたりする人たちがいる。有名人にも無名人にも。若い人にも高齢者にも。

一番嫌いなのが「みなさん、そうなんじゃあないですかぁ」という言い方。「誰もがうらやむ」

というフレーズもイヤ。そういう人に接するたび、私は頭の中で呟く。「だから、何!?」。私個人にとっては、これが必殺フレーズだ。というわけで今回のタイトルに――。

平成の終わり、令和のはじまりの中で――。

著者

イラストレーション／句　中野翠
装幀／本文レイアウト　菊地信義
カバー絵　楊洲周延
「真美人　着物童女」

《著者紹介》

中野　翠（なかの・みどり）
早稲田大学政治経済学部卒業後、出版社勤務などを経て文筆業に。1985年より『サンデー毎日』誌上で連載コラムの執筆を開始、現在に至る。著書に『ズレてる、私!?』『小津ごのみ』『この世は落語』『いちまき　ある家老の娘の物語』『あのころ、早稲田で』『いくつになっても　トシヨリ生活の愉しみ』など多数。

だから、何《なに》。

印刷　2019年12月1日
発行　2019年12月10日

著者　中野《なかの》　翠《みどり》
発行人　黒川昭良
発行所　毎日新聞出版
〒102-0074　東京都千代田区九段南1-6-17
千代田会館5階

営業本部：03(6265)6941
図書第一編集部：03(6265)6745
印刷・製本　中央精版印刷
© Midori Nakano 2019, Printed in Japan
ISBN 978-4-620-32613-9
乱丁・落丁本はお取り替えします。
本書のコピー、スキャン、デジタル化等の無断複製は著作権法上での例外を除き禁じられています。